【那是秘密啊】系列01

他跑进时间的海洋

海殊 著

百花洲文艺出版社
BAIHUAZHOU LITERATURE AND ART PRESS

海殊 | 小花阅读签约作者

射手女，可以一个星期不出门。
喜欢独居，也爱好自由。
偶尔习惯于一成不变的安定，更向往广阔天地的恣意洒脱。

已出版：《月夜天将变》《他像北方的风》
待出版：《初恋就是我选你》《大神别分心》

作者前言

ZUOZHE QIANYAN

现在常和身边的人开玩笑说，生活已经够苦难的了，为什么还要到小说里找虐。

有人会回，你大约是老了。

我只能翻个白眼。

印象最深的是高中的某个周末，在空无一人的寝室为一本小说咬被角哭到喘不上气。可是直到今天，我连其中的任何情节都想不起来。

只是说，哎呀，那时候的自己真矫情。

其实无关乎矫情，只是入戏太深，对故事主角的命运感同身受。

而曾经的自己很难想象，未来的自己也能有幸成为一个创造故事的人，设定人物性格、情节，从而使每个人物都有了不同的命运走向。

这其实是件很幸福的事情。

而对于手上的这个故事，它应该算很纯粹和简单。

就像依然对自己喜欢的故事里，人物命运的苦难和分离耿耿于怀一样。在自己创造的这个故事的时候怀着私心，希望它不必经受太多，最终得以圆满。

故事里的女主角是个很平凡的姑娘，就和生活中你身边所接触的大多数人一样。

她很善良，有梦想也有追求，遇见喜欢的人会忐忑也能更加勇敢。

而男主角的过往更有故事性一些。

但无论如何，他们因为遇见了彼此，生活呈现出了不同的色彩和状态。

因为你，我成为更好的人。

这大约就是美好爱情的模样。

这个故事陪我经历的这段时间有些动荡。

搬了新家和新的办公地点，生活有了全新的样貌。

记得刚搬家的时候，我站在十七楼的房间看着窗外和人说，我想要住在更高的楼层，听说住得高不容易得抑郁症。

想来有些好笑。

而新的办公地点，有窗明几净的办公室，宽敞明亮。

在里面写完这个故事的时候，我在想，新办公室里的空调是不是开错了，有点冷啊。

海殊

目录

TA PAOJIN
SHIJIANDE HAIYANG

第一章 ·········· 001
隔壁怪邻居

第二章 ·········· 027
风之尾情

第三章 ·········· 055
回家见家长

第四章 ·········· 087
喜欢一个人的心

第五章 ·········· 123
我把自己赔偿给你

第六章 ·········· 159
恋爱初阶段

第七章 ·········· 181
心痛的过去

第八章 ·········· 206
绝不放手

第九章 ·········· 227
征服婆婆

第十章 ·········· 259
因为你在这里

番外一 ·········· 269
苏朵

番外二 ·········· 276
最好的幸福

第一章

DIYIZHANG

隔壁怪邻居

汤妍生长自一座南方小镇，青砖黛瓦，四季温润。

庆佩文一大早给她打电话。

缝纫机踏板嗒嗒的声音隔着手机清晰传来，汤妍蹲在地上抱着手臂：“妈，你怎么这么早就又开始做衣服了啊，不是让你多休息吗？”

“年纪大了睡不着，你还有没有钱花？”

“我有。”都工作好几年了，妈妈还总是担心她没有钱。父亲离世得早，汤妍的记忆始终留在街巷里的那间小旗袍店里，留在母亲过早戴上的老花镜和常年拿着针线的双手上。

寒暄几句才挂了电话，她拿起脚边的锄具松了松花盆里的土。初春的到来，这个小小的天台一扫冬季的衰败，绿意和花苞昭示着又一次新生。

旁边的天台传来响动。

汤妍放下工具站起来，一眼望去才发现，旁边的格局似乎发生了变化。

和汤妍这边种满花草、放着藤椅和小桌子不同，他那边的设计相当于一个很大的休闲空间，甚至夸张地摆放了一套黑白沙发和茶几，俨然一个小型会客厅的样子。

这都是其次。

主要是这幅画面里站着一个男人，还是一个裸着上半身的男人。他仅仅围着一条浴巾，松松垮垮系在腰际的位置。

汤妍立马蹲了下来，顺便在想究竟是哪个暴露狂这么明目张胆地出现在这儿。

“看都看了，有什么好躲的。”周廷尧扯下旁边的睡衣穿上，对正对面那个动作迅速的人影嘲讽地扯了一下嘴角。

两栋两层楼的房子之间的天台距离不过隔着一米，所以汤妍也非常清晰地听见了他略微沙哑的声音，疲倦之中带着点随意。如果不是因为他语气实在不好，或许能让她忽略他是个暴露狂的事实。

“你是谁啊，怎么会出现在这儿的？”她问。旁边的房子以前明明住的是一对老夫妻。

半天没有等到回应，汤妍又问：“你穿好衣服了没？”可她听见的仅仅是微风吹起枝叶的沙沙声和草丛间起伏不断的虫鸣。

她扒开面前的两株绿植望过去。他正对着这边没有动，双手抱胸一副看好戏的姿势，好在身上已经套上了长至膝盖的棕色睡衣。

汤妍松了口气，站起来。

他头发略长，半湿的发梢下眼尾上挑，总给人一种漫不经心的感觉。汤妍问他：“你是新搬来的？”

周廷尧这才让视线把汤妍从头到脚扫了一遍，突然嗤笑一声说：“品位真差。”

汤妍噎住：“……关你什么事？”

她瞪圆了眼，难以想象一个人怎么可以这么不懂礼貌。她好心问候却换来他的品头论足。何况她不就头发凌乱了一点，花色围裙简单了一点，她哪里品位差了？

对面的人似乎看够了戏，转身欲走。

就在这个时候，楼下传来大喊：“汤妍，快下来，有工作！”

楼下就是汤妍与宋晓柳合开的花艺工作室，平常主要接一些婚礼或宴会的项目。

宋晓柳和汤妍认识很多年，比汤妍大两岁，也是工作室的出资人。汤妍负责花艺设计，宋晓柳则负责项目对接，很多人因为她率真的个性叫她柳姐，后来就变成六姐了。

“汤圆？”周廷尧停下了转身的脚步。

乍一听这个称呼，汤妍有些恍惚。

汤妍小时候胖乎乎长得可爱，街坊邻居老是爱逗她，用软糯的方言叫她的名字，汤妍和汤圆听起来颇为相似。有时候玩得过了饭点，总有相熟的长辈在巷子喊：“小汤圆，来婆婆家吃饭。”亲昵的招呼曾伴随了她年幼的所有岁月。

那个时候父亲还在，总是一把将她搂在自己的臂弯中，点着她的鼻子笑着说：“我家小汤圆这么招人爱啊。”

她咯咯傻笑。

那个时候，刚下过微雨的天很蓝，青石板路上苔藓初长，一口清冽的空气呼吸入肺，仿佛沿路都是一种叫作幸福的味道。

她看着对面男人那个似笑非笑的表情，心想他应该不认识自己啊。

而周廷尧再次打量汤妍，勾了勾嘴角说："名字不错，和你的身材很相配。"

汤妍捏了捏手上的铲子，深吸一口气，最终放弃了朝他扔过去的打算。她朝他扬了扬手里的铲子瞪他："别让我知道你擅闯民宅。"

换了衣服下楼，宋晓柳正把一束百合递给工作室新来的小姑娘，看到汤妍后连忙招手："不要再磨磨蹭蹭了，有一个婚礼指名要你去，就是下个星期。"

汤妍从楼梯上下来，窗明几净的工作室中央摆放着一张长条形的白色长桌，各色盆栽以阶梯状陈列在周边，里面有两排靠墙深色木柜，千日红、相思梅、紫罗兰，花团锦簇，馥郁的芳香和美感充斥着整个空间。

她在桌边坐下，拿起花剪对着几枝鼠尾草开始简单修剪。

宋晓柳走过来拉开凳子坐在她边上。

“这次的客户是上回那个女孩的姐妹，就是参加了婚礼才特地找到你的，至于到时候怎么布置你自己去沟通吧。”

“嗯，好。”

汤妍把手里的鼠尾草插进面前的一束粉色绣球花里，想到什么突然问她：“隔壁是不是换人了？”

宋晓柳无语地看了她一眼说：“隔壁都装修一个月了，你都没有发现吗？那对老夫妻的儿子据说挣了大钱，把老两口接去养老了。”

汤妍摇摇头表示完全不知道。

宋晓柳又问她：“怎么想起问这个？”

“隔壁来了个没有礼貌的家伙。”说到这个她就又有点儿生气，停了手上的动作气鼓鼓说了一句，“他还嘲讽我长得圆，我脾气再好也终究还是个姑娘吧。”

宋晓柳哈哈笑了两声，对汤妍说：“你不圆，顶多也就稍微有点儿婴儿肥，皮肤好还显得年轻，有什么不好的。”她顺便拿起一绺汤妍散落在肩上的黑长发，“再说，你可是师承乔斯，不光是这个名头，更何况他对你青睐有加。难道你还担心没人要？”

“不要瞎说。”

乔斯是汤妍的花艺启蒙师，中英混血，在伦敦都是非常有名的空间花艺师，被称为花中贵族。当初刚入行的汤妍在一场花艺交流会上认识他，后来有幸得到他的指导。

宋晓柳可不管这些，八卦地问她：“隔壁新来的住户长得帅吗？”

“……帅。”

“不行不行，看惯乔斯那张脸你都还觉得帅的人一定不简单，我得去认识认识。”

汤妍已经找不到话来回她，毕竟恨嫁的六姐最可怕。

结束一天的工作时外面已然天黑，宋晓柳的住所离得较远，所以工作较繁忙的时候常常会和汤妍一起住在这里。

晚间她在下面打扫，宋晓柳擦着头发下来说：“这么晚就别弄了，明天再收拾吧，先去洗澡。”

汤妍点头应答着，手上的动作却没停。

宋晓柳摇摇头，汤妍或许自己都不清楚，只有在花艺这件事情上她是投注了全部心血的。当初乔斯看中她的天赋，甚至有带她去伦敦进修的打算，可是这丫头以太远不放心独自生活的母亲为由拒绝了。

也是因为有她，工作室才能一直保持着不错的口碑。

等到她收拾完之后，已经是一个小时后。

宋晓柳常说，汤妍的房间几乎就是她的整个世界。二楼不算大的空间却收拾得清新淡雅，点点花色和绿意装饰的空间，处处可见小心思和细致。

穿着汤妍的睡衣，原本趴在窗边沙发上的宋晓柳突然对着刚从卫生间出来的汤妍大喊：“快来，隔壁好像打起来了。”

汤妍一惊，连忙走过去。

两人透过玻璃窗刚好看见对面那栋楼客厅里的情景。灯光有些暗淡，隐隐的争执声音传来。结果不过眨眼的工夫，一个花瓶类的东西就在空中呈抛物线砸了过去。

“嘭”的一声，连她们这边都能清晰听见。

宋晓柳迟疑地看了汤妍一眼：“如果我没看错，似乎是一个男的砸的吧？而且他对面还是个女孩子？”

汤妍没有回头，看着对面点点头。

宋晓柳炸了：“你别告诉我说，那个男的就是你早上说的那个？”

“是啊。”距离不远，汤妍虽然只见过那男人一面，但不巧她记性还挺好的。

宋晓柳连忙从沙发上弹起来，来回走了两步说：“失策了，这样的男人长得再帅也不能要啊，就算男女朋友吵架是人之常情，但只要会动手的人都不是什么好东西。”

对面似乎在砸了花瓶之后就静下来了，连窗帘也被拉上。

汤妍缩回来坐在沙发上，刚刚的花瓶虽然砸在了墙上，但她也觉得宋晓柳的话是没有错的，更何况今天早上她已经见识过了。

把毛巾扔给她，汤妍说：“别惦记了，不管是不是会家暴，首先你得有个有男朋友再说。”

宋晓柳一脸狰狞地朝她扑过来。

新接的婚礼项目忙活了整整一个星期，每到这种时候都是工作室最忙最累的阶段，天不亮就起，深夜还没办法睡。

好在，最后看着成果的满足感也是没有任何东西可以比拟的。

好不容易结束工作之后，汤妍选择在家睡了整整一天。晚上起床的时候才发现家里的沐浴露用完了，她穿上拖鞋打算去外面的超市买一瓶，顺便去采购些日用品。

玻璃门上几束正待风干的勿忘我和满天星装点其上。

叮叮风铃声在夜里清脆悦耳。

刚锁上门的汤妍在转身的时候，“嘭”一声退回了门边。

她看着两级阶梯下趴在地上的黑影惊魂不定，这大晚上你家门口要是躺了一个生死不知的人，任谁估计都得被吓一跳。

她迟疑地往下走了两步，在黑影面前蹲下来。

酒味一下子就蹿入鼻腔，汤妍反而放下了心，她用手推了推：“你还好吗？能不能起来？喂……你醉了也不能躺在别人家门口啊。”

地上的人动了动却没有清醒的迹象。

借着昏黄的路灯汤妍这才看清了这个人的脸，可不就是隔壁新搬来的那个人嘛。

“你钥匙呢？你家里有没有人……喂，你倒是醒醒。”汤妍拍他脸的手用了一点点力，可是他依旧醉得人事不知。

汤妍认命地站起来把门打开，然后再折返。

不低于一米八的个子着实让刚刚够一米六的汤妍吃尽了苦头，她一边把人往里面拖，一边抱怨说：“你怎么这么重啊？”一会儿又说，“你是和女朋友吵架，所以借酒浇愁吗？看起来你也不是那么一无是处嘛。”

醉鬼可不管那么多。

他以压倒性的姿势靠在汤妍身上，甚至在听到她的声音后，一巴掌罩住腋下的脑袋，蹙着眉说：“你太吵了。”

汤妍把人扔在工作室的沙发上盯着他：“你没醉吧，你是不是故意的？”

可除了满室寂静，就只剩下沙发上那个沉沉睡去的男人。

睡着的人似乎正经历着什么不愉快的梦境，眉头微皱，嘴角轻抿，下颌的轮廓在夜光下绷出锋利的线条。

周廷尧醒来的时候还算早，不过早上六点。天边微亮的光线从玻璃窗透进来，让半人高的绿植在室内打下暗影。

用手背覆上额头，闭上眼睛让自己从巨大的光影和暗沉的旋涡中脱离出来。脑袋里像被灌了铅一样沉重，他缓缓在沙发上坐起来，拿起从身上滑落的毛毯愣了很久。

环顾四周，是很陌生却让人感到舒适的环境，淡淡的花香似乎让钝痛的头都渐渐舒缓下来。不过很快他就发现了隔壁自己的住所，看来昨晚还是回到了这附近。

楼梯上传来脚步声。

他看着一双穿着白色毛拖鞋的脚出现在视野里，然后是小腿，最后是围裙。眼中露出了然的神色，他气定神闲："汤圆？"

汤妍不用他说，一下子就看见了房子中央的高大男人。

她噎了一下说："你才像个汤圆。"

"你大半夜把一个陌生男人带回来，不就是觊觎我的身材？"

汤妍真是被气得够呛，说："是你自己别的地方不躺，非得躺我家门口。顾客上门看到你，耽误了生意你负责？"

"生意我可以负责，不过……如果是对你负责，那我就没有办法了。"他语气轻佻，眼中有揶揄，是种胜券在握的不可一世和高傲。

汤妍算是明白了，这个人就是嘴巴欠。她搬起楼梯下的盆栽移到旁边，面无表情地从他身边走过，仰头问他："你还不走？"

"马上。"

这人不仅转身就出去了，顺便在门口的时候脱下身上的黑色外套。他提在手里的时候还略微皱眉，对上屋里汤妍的目光之后倏然一笑。他说："如果我花粉过敏严重了，会来找你负责的。"

然后，"咻"的一声，外套被扔进了旁边的垃圾桶。

汤妍在门上的铃铛持续响起的声音中，看着那个穿着灰色棉质内衣消失在清晨街道的拐角的背影，半天没有反应过来。

过敏？你躺了一晚上也没见你打个喷嚏或是呼吸困难啊。

大清早的心情被彻底破坏殆尽。

汤妍给宋晓柳打电话，让她来的时候给自己带瓶沐浴露。

宋晓柳问她："干吗呢？大清早语气这么差？"

"没有，昨天晚上捡了只耗子，今天清晨才发现是只黄鼠狼。"

宋晓柳没有理会她究竟在生什么闷气，兴奋地和她说："东西我是不能给你带了，我得去相亲，对方据说是个不错的男人，祝姐姐好运吧。"

汤妍终于露出了笑脸，一边给花浇着水一边说："那就祝六姐你马到成功，你可快点把自己嫁出去吧，不然你妈估计都得拿刀追你了。"

宋晓柳笑着骂了她两句，然后才挂了电话。

今天工作室关门较早，汤妍终于得空。她换上简单的棉麻长衫，想了想初春还充满凉意的气候又添了件外套，拿上钥匙正准备出门。

楼下棕色沙发角落的一抹白色吸引了她的注意。

似乎是一张纸。

她从缝隙中抽出来，展开。简单的素描跃然纸上，线条清晰勾勒，一款足以吸引很多女性视线的戒指设计手稿就这样被握在了汤妍手中。

关键是她见过成品。

如果她没有看错，这应该是国内著名的珠宝设计师周廷尧的作品。

他的设计以民族色彩与珠宝相结合而出名，据说这与他自小生长在银雕世家脱不开关系。父亲是著名的银雕大师周定安，在浓厚的民族技艺环境的熏陶下，成就了他独树一帜的设计风格，作品在市面上常常抢售一空。

曾经因为乔斯的关系，汤妍和他一起做过一场大型的珠宝展览的空间花艺设计，当时主推的就是周廷尧的作品。只可惜这位设计师向来神秘，从来不曾出现在大众视野，所以珠宝展的当天，他也并没有出现。

汤妍看着手中的东西，喃喃：“不……会吧。”

隔壁的新邻居，昨晚的那个醉鬼……是周廷尧？汤妍愣了半天，最后还是把东西小心折好，放进了随身携带的布包里。

出门的时候往旁边看了一眼，深色的大门紧闭。她想了想，转了个弯决定先去超市。

等她回来，隔壁依然没有任何动静。

她决定还是去敲门。

叮咚的门铃响了三声，屋内传来响动。

“咔嗒”一声门开了，一个女孩子用审视的目光盯着她。

汤妍一下子就认出了这是那天晚上和周廷尧吵架的那个女孩。很漂亮，有些默然，瘦高且清冷。

“你找谁？”女孩问。

汤妍朝她笑了笑说：“你好，我住在隔壁，请问这里是周廷尧的家吗？”

女孩狐疑地打量她，说：“通常来找周廷尧的女人无非两种。一种是知道他身份之后主动靠近的，还有一种就是周廷尧自己招惹，然后找上门甩不掉的，你属于哪种？”

汤妍有些尴尬，摆摆手解释说：“不是，是他落了点东西在我那儿……”

这话怎么听怎么不对，她及时闭了嘴。

这时门后再次传来拖鞋摩擦地板的声音，接着周廷尧那张脸就出现在了女孩子的身后。因为身高优势，汤妍一下子就看见了他。

见是汤妍他先是顿了一下，然后打开门说："是你啊，进来。"

汤妍就看见面前的姑娘脸色瞬间变了，原本平静的眼神里掩饰不住的悲伤，脸色越发苍白，身形瘦弱单薄。汤妍心想，这周廷尧看来真是渣得可以。

她低下头准备从包里翻设计稿，就听周廷尧说："苏朵，让开。"原来这女孩叫苏朵，名字不错。

她刚翻出那张手稿就被叫苏朵的女孩子拿过去，转身扔给了身后的人。

苏朵冷着声音说："周廷尧，你这两年还没有玩够吗？你究竟还要找多少女人才满意？"说完就推开旁边的汤妍跑了出去。

汤妍去看周廷尧，他低垂着眼看不清情绪。

"不去追吗？"她问。

苏朵只穿了件单薄的衣服，按照对话来看，她应该是待在周廷尧身边很久了，但她的委曲求全似乎并没有换来想要的结果。

不过，转念一想，情感本就如人饮水，她不知缘由自然也不该妄加评论。

"你一向都这么爱多管闲事？"周廷尧捡起地上的手稿，淡淡地看了汤妍一眼。

汤妍回视着他的视线："不，尤其是你的闲事。"

"伶牙俐齿。"周廷尧挑着眉笑了一下，"你真是花艺师？浪漫与优雅的我见过不少，你这样的倒是难得一见。"

汤妍可以忍受很多事情，但唯独对质疑自己职业的人无法容忍。

她气得懒得和他争辩，转身就走。

"哎……"周廷尧扯住了汤妍的胳膊，对着她转回的视线做举手投降状，"没别的意思，心情欠佳，我道歉。"

他眼中的某种情绪正在快速褪去，汤妍也不知道自己怎么回事，竟然在那双墨黑的眼睛里看到了一丝真诚。云雾和晨昏，如朝阳般让人移不开眼。

汤妍顿了顿，缓了语气："行了，你的道歉我接受。"然后转身离开。

周廷尧靠在门框上，他的视线随着汤妍的动作而移动。女孩的头发随意绾起，几绺散乱的发丝落在白皙的脖颈。手上还拿着购物袋和一束不知名的黄色小花，背影在傍晚的路上有了几分静好和岁月安稳。

他不知怎的想起了在天台上那颗绿叶丛里的黑色脑袋，和那扒开树枝所露出的澄亮双眼。

“汤圆。”

叫完他自已都有些愣怔，对上她疑惑的视线，他又很快笑了起来说：“不进去坐坐？”

汤妍先是一愣，然后咬牙：“不了。”

前不久挂在门上的勿忘我和满天星已经风干，用细腻的绢丝包裹，插入手工的藤编花篮配以干果和树枝，颜色自然柔和，香味持久不散。

乔斯来找汤妍的时候，她正在忙。

隔了很远就见着远街拐角的地方出现了一个非常引人注目的身影，他很高，留到脖子处的黄色鬈发有种艺术家的忧郁气质。

汤妍打开门，笑着给了来人一个拥抱：“老远就看到你了。”

乔斯有双非常迷人的蓝色眼睛，虽然不是在中国长大，中文却说得很棒。他同样拥抱了一下汤妍笑着说：“难道是被我帅气的身影迷住了？”

“是啊。”她回。

“什么时候回来的？”汤妍让他在沙发上坐下，给他泡了一杯玫瑰花茶。

“两天前。”

乔斯是空中飞人，每年接的项目国内外都有。汤妍跟着他学习过很长一段时间，按说以他在花艺上的成就很难和汤妍有深入交往，但这么久了，两人相处特别轻松，每次见面如同老友。

寒暄了一阵，乔斯才说出来找她的目的。

他说：“你之前跟着我做过不少项目，这次有一个机会，你愿不愿试试？”

“愿意啊。”汤妍立马说，然后反应了一下才明白他的意思，“独立完成？”

乔斯点头。

汤妍咬了咬嘴唇，然后看着他的眼睛很坚定地说：“我想试试。”

乔斯所接的项目和汤妍自己的工作室接的业务不同，她很担心自己能力不够，但同时又非常想去尝试。

乔斯大概明白她的顾虑，说：“妍，你在空间花艺上的设计很有特点，这条路一味地模仿是走不远的，但你不同，你一定可以的。”

汤妍“嗯”了一声。

真正开始接触项目的时候，才知道是一场个人珠宝展。

而且这次珠宝展的设计师不是别人，正是周廷尧。

负责人给了她一串电话号码，笑着说：“汤妍啊，这是周廷尧设计师的私人号码，为了到时候达到最好的现场效果，我们希望你能和设计师本人进行沟通。当然了，这个设计师脾气有些不好，不过作为乔斯老师推荐的人，我们是信得过的。”

汤妍看着面前四十几岁笑眯眯的中年男人，实在不知道该说什么。

况且都答应了，她也不能砸了乔斯的招牌。

她说：“好，我去沟通。”

汤妍在工作室给他打电话，第一遍无人接听，第二遍正在通话中，第三遍……对不起，您所拨打的电话已关机，请稍后再拨。

宋晓柳在一旁问她：“你给谁打电话呢，拨那么多遍？”

“合作对象。”汤妍看了看隔壁的白色房子，从沙发上站起来对宋晓柳说，“六姐，我出去一趟，你盯着点儿啊。”

说完她就提着袋子出门了，身后的宋晓柳喊她：“你去哪儿？”

“隔壁。”

隔壁？宋晓柳惊了，她最近忙着相亲，汤妍什么时候和旁边的邻居这么熟了？她决定晚上好好拷问一下。

而此刻正在家拿着铅笔忙活的周廷尧，从好几天前心情就已经开始欠佳。一而再打来的陌生电话扰乱了思绪，后来索性关机。

可十分钟没到，门铃就响起了。

他烦躁地抓了抓头发，在门外的人一直没有放弃的情况下，他终于还是起身走到客厅。带着情绪打开门，原本以为是苏朵的他却意外见到了汤妍。

“原来你在啊。”汤妍悻悻放下了举起的手。

她原本也不想这么急促地来找人，可是时间很紧，她现在完全一片空白，头脑中没有一丁点儿设计灵感。

“有事？”他皱着眉撑在门框上问她。

汤妍挥了挥手里的手机：“我是这次珠宝展的场地花艺设计师，有些意见需要和你沟通。不过我打了你好几个电话你都没接。”

周廷尧放下手，扯着嘴角说：“对我抱有幻想的女人太多，而对于主动送上门的，我向来没什么兴趣。”

虽然周廷尧说了事实，但汤妍忍不住想翻白眼。

他打开门，让出位置：“进来吧。”

汤妍没有动作，想了想说：“我们找个地方谈吧，咖啡厅或者你挑个地方。”

结果穿着浅灰色家居服的周廷尧双手插兜，悠闲地转过身丢下一句：“要谈就进来，不谈就算了。”

这个人……

汤妍迟疑了一瞬间，最终还是觉得她不可能说得动周廷尧，所以跟着他进去了。

他递给她一双女士拖鞋，汤妍边换边问他：“你女朋友今天没在？”

“她不是女朋友。”他随口答。

汤妍选择闭嘴，把随身携带的包放在门口的柜子上，她才走进去。看得出整个房子的装修用了不少心思。全原味实木打造，舒缓的色调倒是和主人有些反差。唯一的一点就是非常干净和整洁，甚至有一种没有人住的空荡感。

汤妍在沙发上坐下。

周廷尧给了她一杯水说：“我这里只有水和酒。”

“没事。”她说。

她拿出本子和笔，打算进入正题："你的作品我看过不少，不知道你对色彩或者……"

"停。"汤妍刚刚开始说就被打断，周廷尧瘫坐在对面的圆形沙发上，左手撑着下巴。两人的目光在空中对视了半晌，他突然说，"我现在没心情工作，我饿了，现在要出去吃饭。"

汤妍看了看墙上的时钟，下午三点，他说饿了？

她尽量让自己显得平心静气一些，说："我这边时间挺赶的，你要不先简单和我说一下，然后再去吃饭？"

周廷尧直接站了起来。他说："我去换衣服，给你两个方案，在这里等我，要不然就和我一起去，我边吃边和你说。"

汤妍看他眼睛下面淡淡的青色和眼里的血丝，问他："你多久没吃饭了？"

"两天。"

"好吧，那……我们边吃边聊。"

当汤妍和周廷尧两个人坐在路边，对着面前的一碗炒粉的时候，已经是两个小时过后。

街巷喧闹嘈杂，汽车的喇叭和小摊贩的叫卖声不绝于耳。

汤妍看着面前的周廷尧，总觉得格格不入。

身处闹市却格外安静，明明饿了两天却只为出门吃一碗炒粉。他低着头，吃的速度不快不慢，像是沉浸在自己的世界里。

汤妍还不饿，不过炒粉味道很好，她也吃了一些。

等到周廷尧解决得差不多了，汤妍才说："你两天没吃饭要不要再吃点清淡的？"

"不用了。"

天色慢慢暗下来，头顶大树上的小霓虹灯也次第亮起。波光灯影伴郎月，汤妍环顾四周问他："你是怎么找着这儿的？"他们今天开车绕了好久。

"小时候常来。"他随口应答。

周廷尧付了钱，两人决定沿着湖边的人行道走走顺便消食。不远处，广场上的大爷大妈正扭着腰跳广场舞跳得很投入。

汤妍看了看旁边的周廷尧。他看起来心情似乎不太好，从刚刚吃饭开始情绪就有些不对劲。但她也不可能随便打听别人的私事，所以只问了几个有关工作的问题。

他不算很配合，甚至她有时候问三个问题他可能只答一个，而且并没有在重点上。

除了走神严重，好在嘴巴不损人。

“要不……我们今天就到这里？”汤妍问。

这句话他倒是听见了，转头看了汤妍一眼。

她有些矮，穿着平底鞋只能到他脖子的位置，不知怎的，他扫了一下倒是突然笑起来。

“你笑什么？”汤妍疑惑地问。

她问出口的时候才发现身边的人已经离开了，她就站在原地看着他走到不远处的一个小摊位上。

两分钟后，他就回来了。

“给你。”

“给……我的？”汤妍看着伸到自己面前这个像球一样大的棉花糖，用一种惊疑不定的眼神看着周廷尧，心想，他今晚究竟在发什么神经？

结果他说：“这个棉花糖跟你很搭，和你的脑袋一样大。”

所以说装忧郁什么的都是假的吧？再说，谁的脑袋能有那么大啊，还是个粉红色的。

“我不要。”她严词拒绝。

“那不要我就扔了。”他作势便要往旁边的垃圾桶里扔。

汤妍连忙一把抢了过来，她举着棉花糖，一脸你怎么这么幼稚的表情看着他，但同时又有种长舒了一口气的感觉，毕竟这家伙似乎变正常了。

汤妍咬了一口棉花糖，鼻尖和整张脸似乎都陷了进去，丝丝绵绵在口中快速融化。

“味道如何？”

汤妍皱了皱鼻子，对着周廷尧说：“有点儿甜过头了。”

他便说：“不喜欢就扔掉，本来就不是让你吃的。”

所以这只是买来为了嘲笑她脑袋大的吗？汤妍气结。不过周廷尧又恢复了一贯的懒散模样，随意抓了两把被风吹乱的蓬松黑发，缓慢的步伐走出了闲庭信步的自在感。

汤妍走在后面，与他拉开差不多一步的距离。

闲来张望的空隙，她时不时咬上一口手中的棉花糖。等到两人走到停车的地方，竟也不知不觉吃了一大半，绵长的甜腻感充斥着味蕾，让她想起了小时候最爱吃的一种叫麦芽糖的零嘴儿。

第二章

DIERZHANG

风之尾情

回去的时候，已经很晚。

汤妍刚下车就发现工作室门口竟然站着人，她看了半天才疑惑地喊：“六姐？”

宋晓柳几乎是跑过来的，她扯着汤妍的手上下打量，然后一脸恨铁不成钢地说：“你怎么回事？下午就出去了半夜还不回来。你电话再打不通我就打算报警了。”

汤妍不好意思地说：“手机没电了。”

宋晓柳瞪了她一眼，弯下腰往车子里看。

然后车窗玻璃缓缓降下，露出了周廷尧那张轮廓清晰的侧脸。

宋晓柳退了两步，打量半晌，最后还是弯着腰说："喂，不管你们是不是因为工作，我可告诉你，再让我知道你把我家汤妍带出去，欺负了她，我跟你没完。"

汤妍连忙拉了宋晓柳一把。她同样弯下腰，对着周廷尧说："你快回去吧。"

结果周廷尧双手交握搭在车窗上，身子往她们这边靠了一点。他以一种审视的目光看得汤妍都有些发毛的时候，突然笑着说："汤圆儿，你全身上下究竟有哪点值得让人担心的地方？"

汤妍："……周廷尧！"

她向来好脾气，却也经不住一再被这个人惹怒。结果他倒好，不紧不慢地关上车窗，她就眼看着他把车滑到他自己家门口，然后食指钩着钥匙圈下车，上石阶，开门，一气呵成。

宋晓柳拍了拍汤妍的肩膀，一脸严肃地说："你跟我说实话，你们今晚究竟干什么去了？"

"吃饭。"汤妍在宋晓柳睁大的双眼下无奈翻了个白眼，然后才挽着她的胳膊说，"好了六姐，我们进去说。"

“之前不是还说他……”

……

汤妍的卧室的窗户正对着周廷尧那边的二楼，她收拾干净出来的时候随意望了一眼，发现那边竟然已经关了灯。

只有顶楼的位置有淡淡的昏黄光线。

她深吸了一口气，有点头疼接下来在较长一段时间内需要和他沟通的事实。她对他的定义一直都是自大、狂妄、不顾及别人感受、嘴巴毒。她不知道有才华的人是不是都像他这么怪僻，反正她自觉有些招架不了周廷尧这样的人，因为到头来生气的永远是自己。

但工作始终都得推进，汤妍再一次给他打电话的时候，电话里的机械女声又换了一个说法：对不起，您拨打的电话不在服务区。

出差了？手机掉水里了？汤妍头疼地皱了皱略秀气的眉。

总觉得他神出鬼没的。

反正人始终找不着，电话也打不通。她头脑中的一些想法已然成型，只好开始做一些简单的前期准备。如果周廷尧之后有什么要求或想法，再做沟通。

等汤妍再一次见到周廷尧本人，已经是一个星期过后，珠宝展也近在眼前。他似乎真的刚刚外出回来，穿着运动装，大中午从车后备厢拿出了很大一个黑色登山包。

汤妍当时正在送客人，一转身就看见了他。

周廷尧自然也看见了汤妍。

他连自家门都没进，拎着包走到了汤妍这边。他在她面前站定，盯着汤妍说："你找我了？"

"嗯。最后有些对接的工作我觉得和你沟通一下比较好。"

周廷尧单肩把包背到身后，然后说："我知道了，下午吧。"

汤妍终于长舒了口气，嘴角露出了点笑容，心想这人总算靠谱了一回。

周廷尧难得没有损她，见她如释重负的表情也只是简单嗤了一声。

他似乎黑了一点点，正要离开的时候突然顿住，指着汤妍的手说："记得把手洗干净再过来。"

"知道了。"就凭他家里干净的那个程度汤妍也知道他洁癖应该挺严重的。她低头看了看自己沾满花泥的手，对着他的背影撇了撇嘴。

换了身衣服，汤妍才按响了隔壁的门铃。

其实对于珠宝展来说，现场的花艺其实是需要花艺师根据珠宝做出相应的设计，主要起衬托作用。她有自己的理解和想法，但也需要结合设计者的理念。

开门的时候，周廷尧也已经换了衣服。

“你手机怎么回事？好几次完全联系不上你。”汤妍跟在他身后随口问。

“山里没信号。”

看来还真是去登山了。

汤妍没有继续追问，交流的过程中他基本没有怎么说话，都是汤妍在说，说自己的想法和一些安排，问他有没有意见。

“没有，我到时候也不会去。”他维持着上次谈话的姿势。

汤妍发现他似乎很喜欢那张圆沙发，陷在里面，举手投足都是懒散随意的状态。

汤妍奇怪地问：“那你还让我来干什么？”

“是你找的我。”

汤妍：“……”

她表示跟不上这位设计师奇特的思路，作为此次珠宝展的设计者却表现出一副事不关己的态度。她要沟通他就让她说，没有问题，也不发表意见。

就在这个时候，周廷尧放在茶几上的手机振动起来。

汤妍条件反射地往手机屏上扫了一眼，备注是葛女士。她又去看周廷尧，他看着手机没有动，也不知在想什么，振动了好几下他还是接了起来。

“嗯……知道了……刚回来……”两三个字地往外蹦，汤妍自觉离开了沙发，站起来在偌大的客厅里转了两圈。

她的注意力突然被墙壁上一幅油画吸引。

那幅画给人的感觉压抑且沉闷，顶上用了黑蓝色彩的星空，一栋木质楼房开了黑漆漆的窗口，还有满目皱纹的老人饱含热泪的眼睛。

她正出神，只听身后“嘭”的一声。

汤妍迅速转过身，看见了一动不动坐在沙发上的周廷尧，以及墙边那部已经四分五裂的黑色手机。她听见他说的最后一句话似乎是，我会自己解决。

不知电话那头的葛女士究竟是谁？

汤妍有些不知道该作何反应，她顿了一瞬间，最终还是走过去把他砸在地上的手机捡了起来。简单安装后，也没有开机就给他放在了茶几上。

她试着用轻松的语调说：“你这一生气就爱砸东西的毛病是谁给惯的啊？”

周廷尧抬起头。

他似乎这才想起来房子里还有一个她，右手捏了捏眉峰，然后说：“你先回去吧。”

汤妍应了。

她拿着包在门口换鞋，周廷尧不知什么时候突然出现在了身后。

“喂，汤圆儿。”他叫她。

汤妍直起身，他脸上的表情绝对算不上好，但还是开口说：“你的设计我没什么意见，一切你按照自己的理解执行就行。”

虽然不是什么有用的话，但他也算表态了。

汤妍说：“我会做好的。”

踏出了大门，刚刚那一幕的沉闷和压抑似乎影响了她，她忍不住抬头看了看，不知何时从远处飘来了小朵乌云遮住了太阳，连最后一丝光线都从身后房子的窗台隐去。

珠宝展览预定的日期终于来临。

汤妍一直在现场忙碌，连口水都来不及喝。

周廷尧的作品一直都很出众，民族色彩较为浓烈，搭上璀璨的珠宝具有鲜明的东方文化特点。

汤妍将花艺设计不经意间融进整个场景，装点的空间与珠宝色彩相得益彰。

此次珠宝展压轴的是一款凤尾珠宝项链。

不料，临时出了状况——原定的珠宝模特突发急性肠胃炎。

负责人在后台着急上火，对着工作人员说："赶快找人顶上啊，这是重头戏，出了差错连个应急方案都没有吗？"

底下的人也连连抹汗："这眼看都进行一半了，现在找人也来不及啊。"

汤妍刚好在现场，她看了看前台有条不紊，后面却一团乱麻。

听着那些跟自己毫不相关的掌声，她却突然想到了周廷尧。那个不是太讨人喜欢的人，她同时也想起了上次见面时他最后的话。按他当时砸了手机的那个脾气，她曾一度以为他会直接对她吼滚出去。

但是他没有。

他……其实还不算太糟糕吧，至少分得清轻重缓急。

“要不我试试？”汤妍这不大不小的声音瞬间让现场安静下来。

负责人看了看她的身高，不确定地说：“汤妍，你今天的现场设计特别棒，但是……要当模特似乎有点矮了。”

汤妍：“……”她说她要当模特了吗？

哭笑不得之后，她连忙说：“不是，不是，我的意思是说，展示珠宝不一定非要模特，在迫不得已的情况下，不如试试让珠宝与花艺结合。”

“这……”负责人迟疑了。

“我觉得你倒是可以让她试试。”

这个声音从后面传来的时候，汤妍身形一僵。

负责人连忙迎上去：“廷尧。”

那喜形于色的样子已然掩盖不住，负责人一边搭上他的肩膀，一边说：“你来了最好。我跟你说，今天要是你肯现身肯定会成为全场的焦点。神秘珠宝设计师周廷尧揭开面纱，想想都很兴奋啊。”

周廷尧拿开身上的手，对负责人说：“想都不要想，咱们可是签了保密协议的。再说，转移注意力这么烂的主意我是不可能同意的。”

四十几岁的负责人苦了脸。

周廷尧突然走过来搭上汤妍的肩膀，对面前的人说：“就她吧，让她试试。”

汤妍去拿他的手，斜眼看他，说：“你不是不来吗？”

周廷尧突然低下头笑着捏了捏汤妍的脸，舔了一下嘴角说：“汤圆儿，这是我给你的机会。你可不要给我砸了场子，知道吗？”

他自出现的那一刻开始就不自觉成了全场的焦点，保持着灿烂的笑容，周旋或者往来，无一不令人瞩目。汤妍看着他很久都没有动，对于周廷尧这个人她觉得越发看不透了。她很想问你的心情跟天气一样，还是没办法预测的那种，你不累吗？

“看来你们这段时间沟通得挺好，既然廷尧都说了，那就汤妍你试试？”负责人说。

汤妍转头去看周廷尧，他居然暧昧地冲她眨眨眼。

汤妍在周围所有好奇的视线中恨不能踢他一脚，以周廷尧花名在外的名声，估计这些人的脑回路已如脱缰的野马般拉不回来了。

但她已是骑虎难下，只好答应下来。

一行人借着幕帘躲在后面观察着前台的情况，负责人拍拍汤妍的肩膀，语带担忧地说：“时间很紧促，究竟来不来得及啊？”

汤妍思索了一瞬放下手中的帘子，而靠坐在不远处桌上的周廷尧对转身的汤妍说：“有什么需要我帮忙的吗？”

……

今晚最令人瞩目的，就是周廷尧最新设计的这款名为“凤之尾”的项链，以凤凰的尾羽为主题。凤凰原本就是中国文化的重要元素，是古人幻想的神鸟，被称为百鸟之王。其寓意稀少珍贵，象征自由、勇敢、富贵。

出人意料的是，所有人发现展现形式和以往不同。

汤妍大胆地使用了被称为“非洲之心”的肯尼亚红色玫瑰，将浪漫与奢华结合在一起，不喧宾夺主，又能突出重点。让礼仪以介绍的形式将放在花艺设计中心的“凤之尾”展示在舞台中心，悬挂的镂空设计，让灯光下的珠宝越发夺人眼球。

“怎么，紧张啊？”周廷尧看着汤妍弯腰一个劲儿往外瞅，便同样弯下腰靠近她笑问。

汤妍睨了他一眼：“废话。”

周廷尧直起身不再说话。他的眼睛同样望着外面，自己都不太记得这款项链的设计灵感来源于哪一个不经意的瞬间，但他的确见证了什么叫再一次涅槃重生。

幽幽暗香，娇艳玫瑰上露珠初绽，衬托着凤尾形状的珠宝项链宛如王后般华美尊贵。你仅仅是看着这样的搭配和组合，仿佛就能一眼望进流年尘世的某一则故事。

珠宝与玫瑰，是精致优雅与绚丽璀璨的一次灵魂碰撞。

他看了一眼身侧紧紧捏着双手的汤妍摇摇头。

她其实该对自己有点信心。

但汤妍可没有那么轻松，她自刚刚开始就一直盯着外面不曾放松下来。

因为修改了原本的展示模式，最后推出“凤之尾”的时候外面的评委和观众由一开始的严肃沉默变得交头接耳起来。

外间的声音似乎越来越大，所有人都很兴奋的样子。其中两位西装革履的外国友人似乎激动地讨论着什么，间或还对着台上指指点点。

汤妍的肩膀突然被那位负责人使劲儿拍了一下。

他大笑着冲汤妍竖起大拇指。

因为周廷尧的设计独一无二极具特色，所以才有了这场国际珠宝交流展览。来的人中有国际性的买家和顶级贸易批发商。看现在这现场反应，就算周廷尧本身对这样的商业性合作没多大兴趣，但结果是令人欣喜的。

负责人终于如释重负，笑着说："汤妍啊，你的能力真是有目共睹，今天一定得谢谢你。"

汤妍说："要不是有周廷尧设计师的帮忙，也不会有这样的效果。"

这样的设计原本是最理想的，但是很难。一是因为设计不算简单，再则就是时间太短。但是因为有周廷尧的帮忙，在花束的运输上节省了大量时间，他的一通电话，解决了最棘手的问题。

"周设计师人呢？"有人问。

"不会走了吧……"

汤妍环顾四周，的确没有发现周廷尧的身影。

沿着后台的侧门出去，才发现靠在楼梯间低头吸烟的人。他隐在半明半暗的角落，身形被飘散的白烟围绕。

"怎么在这里？"汤妍问。

周廷尧被这个声音惊扰，抬头才看见了扒在楼道口的汤妍。她伸出了大半个脑袋，询问的大眼和动作看起来有几分稚气，明明已经是二十好几的人了。他眯了眯眼，倒是突然想起刚刚某人在做花艺设计时心无旁骛的专心样子。

“你找我？”他问。

“嗯，刚刚负责人说结束了不让走，说要一起吃饭。”

“知道了。”他应了，隔了半分钟才发现上面的人并没有离开，便随意道，“你一直盯着我不走，难道是想把我从楼梯上推下去？”

“幼稚！”汤妍送了他一个大白眼。

然后她转身离开，楼道里的人后知后觉地僵了半晌，最后无所谓地笑了笑。

珠宝展的最后效果出乎意料，很多合作商表现出了强烈的长期合作意愿，甚至有不少国际顶级珠宝品牌商要求见周廷尧本人，对他的设计非常感兴趣。

但负责人都婉拒了。

真正和周廷尧有过工作接触的人都知道，他做珠宝设计很任性，完全就是兴趣使然。本身就不必靠这个吃饭的人，尤其，不喜欢曝光。

但负责人最后还是逮着汤妍和周廷尧不放，非得让大家一起吃顿饭，说是庆祝。

一行人出门的时候，居然见到了乔斯。

主办方这边的人认识他，隔了老远就开始打招呼，喊他乔老师。

“你怎么会在这儿？”汤妍笑着问。

乔斯难得穿着正装，他说：“有工作。不过你今天的表现我看见了，我就说你能行，而且超出我的预期。”

被业内的同行更是导师的乔斯夸奖，对汤妍来说是件很开心的事情。旁边有人拍马屁：“乔老师，不愧是您带出来的人，我们都有些刮目相看啊。”

“谢谢各位今天的照顾。”乔斯亦应得绅士又有风度。

“你们不会是一对吧？”突然有人开口。

不说汤妍蒙了，连乔斯居然都没有反应过来，愣了很久都没有反驳。

最后有人打圆场，汤妍才得以和乔斯告辞，跟在一群人身后去了餐厅。

圆形的大桌，汤妍坐在周廷尧的左手边。

推杯换盏，鉴于汤妍是女孩子，也没有谁非让她喝酒。倒是有想灌周廷尧的，他以要开车为由拒绝了。汤妍甚至发现他基本连饭也没怎么吃，席间倒是出去了好几次，回来的时候身上带着很浓的烟草味。

烟瘾这么重吗？汤妍想。

直到聚会结束已经是晚上十一点，拒绝了一个四十好几的男士要送她的邀请，汤妍去了路边打出租车。

一连好几辆出租车不是坐了人就是不同路。

汤妍搓了搓手臂，初春的凉意在深夜更加彻骨。恰巧她的外套落在珠宝展了，身上仅着一件浅紫色的薄毛衣。她在原地跺了跺脚，一转眼就看见了那辆从停车场开过来的车。

银色的，周廷尧的车。

汤妍咬了咬牙，往前一步跨到马路上冲着他招手。

车前灯的光一下子照在她的脸上，她不得不抬起手臂挡住光线。等她将手拿下来的时候，周廷尧的手已经停在了她旁边。

叩了叩车窗。

对着周廷尧那张毫无表情的脸，汤妍弯下腰说：“我能搭个顺风车吗，这个点不好打车。”

“我为什么要让你上车？”周廷尧反问了一句。

汤妍也知道他不是什么好心的大善人，但还是说：“我们怎么说也是邻居，还有幸因为工作有了交集。再说这大半夜我一个女生不安全，你也不想看到明天的新闻头条说，昨夜一女性暴尸荒野之类的吧。”

周廷尧淡淡开口：“劫色的估计看不上你，至于劫财……你看起来很有钱的样子吗？”

汤妍磨牙：“你能不损我吗？”

这时又一阵寒风吹来，她忍不住吸了吸鼻子：“好吧，今天有点儿冷，我外套掉了。”不然你以为谁想死皮赖脸蹭你车？

周廷尧看了她一眼后打开车门：“上来。”

虽然周廷尧没有说什么，但是汤妍上车之后还是有观察到他特地打开了车内的空调。把目光移到玻璃窗上倒映的人影，汤妍用手戳了戳，微微弯弯嘴角：哼，幼稚鬼！

早已经过了高峰期的街道安静空旷，路旁华灯璀璨，光线时有时无地打在车厢内，让这寂静无声的车厢变得越发温暖起来。

汤妍昏昏欲睡。

半睁的迷蒙视线里，看到了周廷尧有着淡淡青色胡楂的下巴。她问：“周廷尧，你那天为什么摔手机啊？”发那么大脾气，但是过后她却只能看见那仿佛困兽一般的人影，孤独而又绝望。

周廷尧似乎僵了一下，捏着方向盘的右手微微收紧，还好最后似乎压住了情绪。汤妍只听到他说：“再这么多管闲事就把你扔下去信不信？”

汤妍连忙清醒过来摆手：“误会，我就好奇而已。”

就在这个时候，汤妍的手机响了，乔斯打来的。

“到家了吗？需不需要我去接你？”他那边似乎还有说话声，现在还不知道在哪个地方忙着呢。

汤妍连忙回：“不用不用，我快到了，再说我可不敢麻烦你这个大忙人。”

乔斯笑了一下，低沉的笑声沿着话筒清晰地传来。

挂了电话后，旁边突然响起一句不咸不淡的话：“你别的地方没什么优点，挑男人的眼光倒是靠谱了一回。”

“说我多管闲事，那你又在干吗？”

……

谈话间车子已经停在了周廷尧的家门口，汤妍拿着包下车。结果脚刚落地，发现脚尖对着的位置有一双粉白色的高跟鞋。

汤妍顿时就愣住了。

“你在干什么？下车。”车里传来了周廷尧的声音。

汤妍还是没有动，她的视线沿着面前的那双脚一直往上，同色系的长款风衣，挎着精致黑色小皮包的苏朵就站在汤妍的面前。

两人的目光一下子就撞在了一起。

汤妍转头给了周廷尧一个眼神，他的视线往汤妍这边的车窗看了一眼，然后很快从另一边下车绕了过来。

他站在苏朵面前，眉头全皱在一起：“不是和你说不要再来找我了吗？”

苏朵估计在外面等了很久，抓着周廷尧袖子的手都通红通红的。她的声音里带着一点点颤抖，她说：“廷尧，我真的做不到。你就不能原谅我吗？我那时候也不过才十八岁而已……我……”

周廷尧甩开了她：“我提醒过你，不需要在我身上浪费时间。”

此时的情景已经不能用尴尬来形容了，汤妍轻手轻脚地从车上跨下来。正要离开的时候突然被点名，苏朵指着汤妍说：“那既然任何一个女人都可以在你身边，为什么就我不行呢？”

汤妍不得不僵硬地站在那里，说：“那个，可能你真的误会……”

“你干吗？”挣扎中，汤妍被周廷尧抓住了手腕，他一言不发地把她拖进了屋，在房门“嘭”一声关上之后才放开了她。

汤妍刚要去拉门，就听身后一声闷响。

是他的拳头砸在墙上所发出的声音，她看着他缓缓垂下手，而墙上留下了点点斑驳的血迹，像是在提醒着他刚刚的愤怒。

汤妍瞬间停止了动作。

她不知该怎么形容这一刻的感受，有种误闯了别人的世界的惊慌失措。她二十几年的人生并未有太多波澜，虽然年少便失去父亲，但是依然在温暖和爱之中长大。有像六姐一样亲如姐妹的朋友，有乔斯那样的贵人，有一份热爱的工作。

但周廷尧不同。

她甚至都还没来得及弄清楚他们究竟哪些地方不同，却一次两次撞破他的私事。

他脾气很坏，爱摔东西，和苏朵之间的只言片语，像极了十年前韩剧套路中的某些情节。深夜醉倒在马路边，躺在沙发里的孤单身影，以及一次次决绝背后的痛苦和纠结。

“周廷尧，你既然喜欢她，为什么不接受她呢？”汤妍站在玄关的位置，看着他依然弯着腰半撑在墙上。

看他没有反应，汤妍试探着问："你父母不同意？她曾经移情别恋……或是，你有绝症还是她有啊？"

"够了。"他突然出声，歪着头看她。

汤妍连忙后退了两步，他微长的发梢落下来，那双眼睛里布满了暗沉沉的情绪，甚至有一瞬间，汤妍曾担心他的拳头会朝着自己挥过来。

不过他终究没有动作，像是疲累般在墙上撑了一下，然后直起身。

他仰了仰头，然后走到窗边往外看了两眼。回来之后二话不说就拉着汤妍往楼上走。

"周廷尧你疯了！"汤妍连忙去拍他的手。

脑袋像糨糊一样不知道该怎么办，唯一有感觉的就是，拉着自己手腕的那只手像是铁箍一般难以挣脱。还好她穿着平底鞋，不然非得摔在楼梯上。

眼看就要到二楼了，汤妍眼睛一闭就朝着面前的那只手下了嘴。

"啊！"短促的、气急败坏的声音。

汤妍感觉自己的下巴被人钳住，她没有睁眼，很清晰地感觉自己的脸因为对方的动作已经变形。而嘴里先是有皮肤上淡淡的咸味，因为入了肉，铁锈的味道缓缓蔓延开来。

汤妍率先松了口。

仰头对上的周廷尧的视线里，是淡淡的嘲笑。

他放开捏着她两颊的手，看着她脸上红红的两道印子扯着嘴角说："你还真当自己是国色天香，声音再大一点就可以掀房顶了。"

汤妍坐在木质的楼梯上，揉了揉脸："你一脸要吃人的表情，我不叫能怎么办？"

然后就看到了他垂在身侧的手。

很深的两排牙印，有红色的血沿着手背往下淌。本来想着他是自找的，偏偏她咬的那只手还是他刚刚砸墙的那一只，伤痕累累，看起来就有些触目惊心。

"有负罪感了？"周廷尧居高临下地问她。

汤妍站起来，说："你不说清楚就动手动脚，分明是你活该。"

周廷尧冷笑了两声，继续拉着她往上。

他们并没有在二楼停留，汤妍只来得及匆匆看了一眼。房间内可以用一个字形容——空。空空荡荡没几件家具，窗帘紧闭，看起来连楼下的客厅还不如。

汤妍被他一口气拉上了天台。

一阵大风吹来，汤妍有种不知身在何方的恍惚感。然后借着月色，她看见了对面自家的天台。从这边往回看，视角的切换有了不一样的视觉体验。

第一次见到周廷尧也就是在这个地方。

“你带我上这儿来干吗？”她回头问他。

周廷尧指了指对面：“爬回去。”

“你说什么？”她还以为自己产生了幻听。

他一脸你是有多笨的表情看了汤妍一眼，然后一字一顿地说：“我让你从这边爬到那边，懂了吗？”

“凭什么！有大门不进我为什么要爬天台啊？”

说完之后汤妍趴在栏杆上往下看了看，苏朵还站在原地一动也没有动，单薄的身影被路灯拉出长长的影子，有几分孤绝的味道。汤妍瞬间也就知道了他的用意。

但是她并没有打算妥协。

在他特地放在天台的沙发上坐下，汤妍说：“反正我是不会爬的，明明是你的事情，凭什么牵扯我啊？”

“随便你。”周廷尧扔下这一句就转身离开。

汤妍便一个人坐在沙发上，身后传来上楼的脚步声，然后头顶便亮起了微微的昏黄光线。

汤妍回头望去，这个天台被隔成了两部分，刚刚上楼的时候，她有发现后半部分似乎特地建成了阁楼，前面则是她身处的地方。

“那家伙……不会睡在这上面吧？”汤妍嘀咕了两句，又被寒风吹得缩了缩脖子。

大概十分钟后，汤妍开始后悔。

明明眼前就是自己的房子，只要过去，二楼就有明亮的灯光和温暖的床在等着自己。而现在呢？漆黑的夜伴着寒风，她却有家不能回。

她站起来，看了看两个天台之间的距离，然后立马倒退。

她有恐高症这件事知道的人不多，不是特别严重，但是只要有一层楼高的距离，而且没有护栏的话，她就会头晕，更别提从这两层楼高的两个天台之间跨过去。

而此刻正待在阁楼里面的周廷尧并没有比她轻松到哪里去。

小小的玻璃窗口上传来小石子敲打的声音，砰砰砰，接连不停。他完全静不下心来做任何事情。不过十几分钟过后，他终于深吸口气站了起来。自小小的窗口往外面望去，女孩子正踮着脚继续手上的动作。

他还是走了出去。

“怎么，想通了？”他抱着手问。

“我不管，你快点想办法。”汤妍瞪着眼说了一句。

周廷尧先是盯了她一阵，走上前在天台边缘看了两眼，然后一言不发从边缘的横栏跨了过去。只是汤妍那边不同，上面放满了各种盆栽。眼看他的脚就要把一盆正欲盛开的紫罗兰踢下去，她连忙喊：“周廷尧，我的花！”

好在他的动作还算稳，花盆只是晃动了一下。

他转身朝汤妍伸出手，面无表情道：“过来。”

汤妍连忙摇头。

周廷尧就保持着那个姿势，看见她连连倒退的样子蹙眉说：“说你圆你还真打算在地上滚两圈是吧，我的耐心有限，你要是再不过来今晚就别回去了。”

汤妍看他的样子心一横，就站了上去。

两栋房子之间距离不远，但是大晚上往下看去黑漆漆的，莫名让人生出恐惧感。汤妍都快要哭了。

周廷尧把脚边的盆栽挪开，然后说："你是笨吗？不要往下看。看见没有……就踩我旁边这个位置，我会接住你。"

第一次和陌生异性靠得如此近，两人紧紧贴在一起，掌心的温度隔着腰间的薄毛衣清晰传来，他衣服上的味道十分好闻，清爽干冽。汤妍就那样僵硬地站着没敢动。

"你打算吊着我到什么时候？"

头顶声音响起的时候，汤妍才猛地抬头。

"嘶！"两人同时发出声音，汤妍摸了摸撞到某人下巴的额头，猜想估计明天肯定得红上一大片。

周廷尧的脸色也黑了。他说："胆小也就算了，笨手笨脚成这样，你是怎么长大的？"

原本今夜喝了一肚子凉风的汤妍心情本就不佳，她回他："我胆小，还笨手笨脚？你又能好到哪里去？"她指着楼下的位置，"你不也是一个明明喜欢别人却不敢承认的胆小鬼吗？还没有风度地拿我做挡箭牌。"

更何况她一个从小到大不翻墙不爬树的三好学生，如今还因为他，被逼得需要翻天台才能回家的凄惨境地。

可是一看见周廷尧的神色，汤妍就有点后悔了。

他的脸色可以用冰冻三尺来形容，高大的身影，手背上未曾擦干的血迹。这个场景不自觉让人联想到20世纪的西方神秘色彩，吸血鬼。隐身黑暗的鬼魅，如同洪流中不曾让世人窥见一二的繁复咒语。

汤妍动了动唇，不自觉开始往后退。

她摸到后面接通楼道的天台门把手之后，二话不说拉开门跑了下去。

一直站在天台没有动的周廷尧，静静地看着她一系列的动作，但是面上却丝毫没有松动。等到她的身影彻底消失在楼道口，他才自嘲地笑了笑。

夜凉如水，连星空都隐晦不明。

苏朵还在楼下。

他靠在水泥墙上摸了一支烟含在嘴角，摸了摸全身上下才想起来打火机落在屋里了。他有些烦躁地蹙了蹙眉，取下烟放进口袋，然后跨过天台，下楼。

苏朵见着出来的人后，暗淡的眼睛骤然闪出光亮。

“廷尧。”她叫他。

周廷尧就站在石阶上没有动作，岁月似乎格外优待面前的女孩儿，她的模样与十几岁初见时并无两样。这样的场景，一下子就把记忆带回了曾经的岁月，她时常安静地等在他的宿舍楼下，见着他出来，笑得眼中都是星星点点的光。

因为是刻骨地心动过，所以后来分离也曾伤筋动骨。

苏朵走上前来，站在石阶下。

周廷尧说："美国的医院已经给你打过好几次电话了，不是吗？那么好的机会跟工作，你没有必要在这里浪费时间。"

"如果我愿意呢？廷尧，只要你开口我就可以留下。你和我一样不曾放下，不是吗？珠宝设计是我一直以来的梦想，你当初去学不就是因为我吗？"苏朵说着说着就蹲在了地上，泪珠沿着眼角滑落。

周廷尧也缓缓蹲下来，他看着苏朵的眼睛。

"苏朵，我是什么样的人，你不清楚吗？珠宝设计只是因为我没有办法拿起银雕工具的随意选择，你……还没有那么重要。"

大门再次"嘭"的一声彻底关上，闷响在黑夜里透出几分绝望的回音。

苏朵渐渐把头埋在了臂弯里。

第三章

DISANZHANG

回家见家长

宋晓柳估计是恋爱了。

汤妍将橘黄色的陆莲搭配绿色绣球，插入竹筒和白瓷两个容器里，形成半圆状的盆花。是适合春天的浅淡，且又生机勃勃。她闲来好笑地用手指戳了戳对着手机傻笑的宋晓柳说：“六姐，你和哪个男人勾搭上了，快如实招来。”

宋晓柳啪地拍了她手背一下。

平常口若悬河的女子居然娇羞起来，殷红的双颊像极了屋外盛开的几枝桃花。她说："就是上次相亲的那个，他是建筑师，我们上次聊得还可以。他约我今天晚上一起吃饭，然后看电影。"

汤妍笑了起来："还别说，职业挺搭，都是搞艺术的。"

宋晓柳在桌边掐她的腰，她咯咯笑着，一边小心翼翼地护着桌上的半成品，一边求饶。闹了半天，宋晓柳终于停手，然后一本正经地问她："隔壁的那人没有再招惹你吧？"

汤妍很无奈："他没有招惹过我。"

而且彼此的印象估计都没好到哪里去。

虽然上次见面也就几天前，而且她还在那个夜晚说他是个不敢正视感情的胆小鬼。再想想自己落荒而逃的屃样，莫名觉得搞笑的同时又很丢脸。但她决定以后能避就避，毕竟他不是什么好脾性的人。

宋晓柳揽住她的肩膀，然后说："网上有个说法，珠宝是开在地下的花，花是开在地上的珠宝。你这朵娇花可要小心一点，不论地上地下，披着羊皮的豺狼可多了。"

宋晓柳是极护短的人，一直把汤妍当亲妹妹。在她心里，常年和花草打交道的汤妍多少有些心思简单，因此她总是处处提醒，生怕汤妍吃亏。

汤妍也知道，笑着说："知道了。"

结果这番对话之后不过几小时，上次合作过的负责人给她打电话，提到的人还是周廷尧。她还以为是出了什么后续问题，结果对方火急火燎地说：“汤妍，你知不知道周廷尧住在哪儿？我看你们上次合作得还挺顺利。”

汤妍：“……”顺利吗？表面上还行，可私下就一言难尽了。不只是简单的言语冲突，她甚至还用上了牙。

“是出什么问题了吗？”她问。

“是啊，有个大客户一直在等他的设计稿，可一直找不到他人。”

汤妍心想这位爷真是绝了，估计能用手机联系上他的人恐怕都是极个别人，不仅得天时地利人和，还得碰巧碰上他心情不算差的时候。

她想了想还是把地址给说了。

结果一个小时之后，她居然再次接到电话，对方说：“人没在家，按了很久的门铃都没人应。如果你有他消息，请一定第一时间联系我。”

汤妍应了下来。

夜晚的时候起风，吹得窗外树影摇曳。

汤妍裹着毯子坐在沙发上给母亲打电话。母亲庆佩文说老家下了大雨。听筒里春雷滚滚，汤妍想，明儿一早，估计家里的小院子会是满地的残花。

她和母亲撒娇说："妈，我想你了。"

庆佩文轻轻笑出声，温和又有丝担忧地问："是不是在外头受欺负了？"

"才没有。"汤妍揪着毯子垂下眼，最柔软脆弱的一面永远是对着最亲的人才会表露。汤妍总是担心自己离家远了，独自生活的庆佩文会觉得寂寞。

庆佩文倒是总说老家自在，她的旗袍一直做得很好，街坊闲来无事也总爱进来坐坐。

两人正闲聊，汤妍瞥到窗外一道暗影一闪而过，下一瞬间楼下的巷道里便响起了瓦罐碎裂的声音。

汤妍在庆佩文的叮嘱下挂断电话，披上衣服匆匆去了天台。

狂风呼啸，暗沉的天空预示着将有一场大雨降临。

汤妍打开了顶上明黄的灯光，这才发现是上次忘记收起的折叠木架被风刮倒，撞倒了边上两盆紫色风信子。

汤妍不自觉开始皱眉，那是去年十月就开始培育的两株风信子，近来花开正盛。风信子代表坚贞恒心，它的花语是婚姻的重要组成部分。这原先就说好送给一个客户的，现在得再另外想办法。

眼看就要下雨了，她简单整理了一下便打算进去，却发现了对面的阁楼突然亮了一下灯光。因为受人所托，她比平常多在意了几分。

估计是人回来了，汤妍便喊了一声："周廷尧？"

她声音不大不小，按说不应该听不见。

她正想着周廷尧是不是故意装作没听见的时候，对面就传来一声闷响，是重物砸在地板上的声音。

别是他又喝醉了，从楼梯上滚下去了吧？

汤妍一想觉得还真有几分可能，在喊了几声没有回应之后越想越心惊。她拿出手机拨了他的号码，响了两声过后，居然被接通了！

"周廷尧？你……"她刚说了一句，手机里便传来"嘟嘟嘟"的占线声，再拨居然就关机了。

难道是遭贼了？汤妍环顾四周，想了一下还是把旁边的折叠木架拿来搭在了两栋楼之间，咬了咬唇，试探着往对面挪动。

这样的情况已经是第二次了，第一次是被逼无奈，这第二次……她想自己一定是疯了吧。

漆黑的深夜，她的内心陡然生出一种飞檐走壁去救人的悲壮感。

只可惜，别人救的有可能还是个困在井底的青蛙王子，而她要救的，极有可能是个家里遭贼，或者喝醉酒还在为情伤心的迷途青年。

有惊无险地踩到了对面的天台楼板，汤妍边往回看边喃喃：“周廷尧，你要没死一定得记得感谢我。”

他的房屋是复式结构，从天台进入只需要拉开一扇滑动的玻璃门。汤妍探进去打量了一下，既没有见着被贼捅伤倒在血泊里的周廷尧，也没见着颓废买醉的他。

没有人。

汤妍对着屋内喊：“有人吗？周廷尧？”

她想想刚刚亮起一瞬间又熄灭的灯光，便打开手机的手电筒。

果然，靠边的位置还有一个木质楼梯。

她正在想要不要去看看的时候，楼梯的顶上就传来了木板滑动的声音，紧接着一个两人宽的小正方形窗口打开，露出了一个乱蓬蓬的脑袋。

“啊！”汤妍惊叫着退了两步。

“闭嘴！”是周廷尧。

他不知按了哪里，周围一下子灯光大亮。

汤妍这才看清楚趴在上面的他，那个位置应该是进入小阁楼的门而不是窗。他撑在门框上的手似乎用了不小的力，脸色发白，胡子拉碴，眼眶里全是血丝。

这副鬼样子吓了汤妍一跳，她问他："你怎么了？"

周廷尧似乎懒得回答她这么无聊的问题，反而看着她说："你这大半夜往一个男人屋里钻，难道不觉得不合适？"

"我……找你有事。"她底气不足地回道，说完后又自觉没有做错。她分明是好意好吗？

"什么事？"他问。

"有人催你交设计稿，找不到你人，所以找我帮忙。"

"所以你就半夜鬼鬼祟祟翻墙进了我家，而且手里还攥着一根……木棍？"周廷尧用手按了按昏昏沉沉的脑袋，皱着眉看底下的姑娘。披头散发的，还穿着鹅黄色的毛绒睡衣，手里拿着的木棍看起来莫名滑稽又搞笑。

汤妍连忙把手中的东西扔了出去，木棍摔在外面天台的木板上发出一声脆响，然后她拍了拍手才撇嘴说："我是听见你这边有声音才过来的，还以为进贼了。再说，我喊你，你又不回答，打你电话你接了，结果还给我挂断。”

我还以为连你也挂掉了，这句话她没说。

周廷尧想起大概十几分钟前在黑暗中不小心撞倒的木柜，以及那通被自己无意接通然后随即挂断的电话。他说：“你想象力丰富过头了，没什么事就给我回去。”

说完就“砰”的一声关上门。

“哎……周廷尧！周廷尧！”

叫了半天他再次猛地推开门，看着汤妍的脸色黑如锅底。他说：“再叫就把你扔出去……”

“你是不是病了？”明明恶狠狠的一句话愣是被汤妍给问得停住了，他发现或许真是因为烧糊涂了，才会在这个时候觉得那双望着自己的眼睛亮如辰星。

她还在说：“你下来吧，我送你去医院。”

汤妍其实隐约有些担心，因为周廷尧的状况看起来非常不好，声音低哑不说，脸上明显带着因为高烧导致的潮红。说不定再放任一个晚上会昏死过去也不一定。

而且按前几次经验来看，汤妍相信他就算让自己烧死在家里也不奇怪。

要是没撞见就算了，撞见了她却做不到放任不管。

果然，周廷尧根本就没打算理她，在再一次关上门的时候，他只隐约听见她在外面说："等会儿啊，我马上回来。"

然后响起了下楼、关门的声音。

他奇怪自己竟然听得很清晰，迷迷糊糊中还在想，这个汤圆还真不是一般的爱管闲事。明明上次爬天台怕得要死，现在居然敢一个人半夜翻过来；明明很多时候脸上写满了讨厌他，现在还有心情说送他去医院。

他放任自己砸在绵软的被面上，思绪一再放空飘远。

这样的感受，像是回到了小时候发烧的时候。偌大的房子空荡得仿佛只有自己一个人，他蒙在被子里，在昏沉中不断与噩梦做斗争，直至清醒时看见手背上的吊针再一次活过来。任由冰凉的液体流进身体，流过四肢，漫过心脏一样令人窒息。

模糊中，有一只微凉的手覆在自己的额头上。

周廷尧猛地睁眼，然后就看见了汤妍。

她似乎被吓到，手上还拿着一块湿毛巾，样子有点呆呆的。周廷尧撑着手爬起来，蹙着眉问她：“你怎么还在这儿？”

“你醒了啊，吓我一跳。刚刚怎么叫你都没醒，我就只好上来了。”

他捏了捏眉峰，刚刚竟然睡过去了吗？

汤妍环顾四周，然后把视线重新移到周廷尧的脸上说：“你好点没？我熬了粥，还从家里带了点感冒药。”她边说边打开身后的小窗口，从楼梯上退出去。

周廷尧没动，汤妍踩着楼梯趴在窗口说：“你倒是快点下来啊。”

周廷尧：“……”

汤妍动作灵敏地从第二级阶梯上跳了下去，一边穿着拖鞋一边低着头说：“你两层楼那么多房间不住，干吗住在这上面啊，连人都没有办法站直。”刚刚她上去的时候还惊了一下，小阁楼很逼仄，除了一张放在地上的大床垫和一张小桌子，上面基本什么东西都容不下。

而周廷尧就那样躺在那个小空间里，烧得人事不知。

觉得那个画面略微心酸的同时，又想他还真不是一般的古怪。

周廷尧望了望头上的玻璃屋顶，听着她一直自说自话。向来安静私密的空间像是闯进了一只叽叽喳喳的麻雀，扑棱着，毫无防备的傻样子。

他提起那么点兴致和精神，随口回了她一句："这上面利于收集灵感，像你这样每天在泥土里打转的人我也不指望你能懂。"

汤妍正在拧毛巾的动作一顿，随即又觉得不该和一个病人计较，只能越发用力拧干毛巾的水，微微嘟囔："还收集灵感，你这么厉害怎么还欠着别人的设计稿不交？"

这小小的声音，随着空气最终还是钻进了周廷尧的耳朵。

他淡淡地勾了勾嘴角。

在那个每一件银雕作品都极度耗费手工和时间、小心镶嵌打磨焊接的时代里，他自小看惯很多具有古朴质感的作品，立体浮雕的柔和线条、不切割不喧哗的半宝石镶嵌装饰等。

而红玉髓与月石、琥珀等是冷调银雕最好的装饰品。

所以，他曾被当初一心想学珠宝设计的苏朵吸引，那个说起梦想就眼睛发亮的女孩儿，成了他年少岁月里最美最亮的一道光。

连后来他自己都想，如果能成为珠宝设计师，似乎也是一个很好的选择。

是想念，也是逃离。

"咚咚咚"，有敲击木梯的声音。

周廷尧探出视线，姑娘仰着头说："你这个人怎么这么费劲呢？都叫你半天了，你怎么还不下来？"

他沉默着，沉默着，最终妥协。

已是深夜，万籁俱寂。

周廷尧坐在餐桌边看着汤妍从厨房里端出了一碗粥，她轻轻地把碗放下说："你家的厨房干净得有些过分了，连盐都没有，你将就着吃一点吧。"

他拿起勺子尝了一口，浓稠软糯，倒是很合胃口。

但他依然不动声色，一连吃了好几勺才淡淡说："还行。"

"那是哦。"汤妍拉开椅子在他对面坐下，下巴磕在椅背上，从兜里摸出两盒感冒药放在桌子上，"这是专治退烧的，你喝完粥再吃吧。要是不管用的话，你自己明天再上一趟医院。"

周廷尧放下了手中的勺子，看着对面的汤妍。

"喂。"

"嗯？"干吗突然一脸严肃地叫她？

"莫名其妙对我这么好，你这只汤圆不会是……"

那副怀疑中又透着自以为是的了然模样瞬间让汤妍慌张起来。她连忙伸出手来，做出闭嘴的姿势说：“哎，不要误会。我前年救过一只流浪猫和流浪狗，去年不止一次参加过各种公益活动，就连平常在路边见着流浪汉也会给一点零钱。我虽不是什么有钱的慈善家，但有些同情心泛滥。你可以当我没事找事闲得慌，不要想太多好吗？”

周廷尧露出嘲笑的表情，点了点自己的手腕：“你说了这么多是想解释什么吗？我什么都没想，不过是想说你不用觉得自己亏，毕竟这是你该做的。”

汤妍一下子就捏紧了自己的手，感觉自己已经快要维持不住平静的表象。

顺着他的动作看去，才发现他的手腕上还有自己上次咬伤的疤，破皮的地方已经结痂，周围好大一圈青紫的痕迹。

汤妍突然讪笑：“我牙口还是挺整齐的哈。”当时还不觉得，现在一看竟然比原先更严重了一些。他都没有处理过吗？这个状态看起来就算好了，以后肯定也会留疤。

周廷尧觉得好笑，也不拆穿。

他扬扬眉说：“嗯，是挺整齐的。”

汤妍觉得不太好意思，从椅子上站起来说：“那个……不早了，我先回去。如果……你明天还有什么不舒服的地方，可以给我打电话。”

她刚走到门口就被周廷尧叫住了，她回过头去看他。他的手中还拿着喝粥的瓷勺，转过身子一脸恍然地问：“你刚刚说你还救治过流浪狗对吗，你没有狂犬病吧？”

深呼吸，深呼吸。

汤妍抓住门把手，皮笑肉不笑地说：“有啊，记得去打针。”

周廷尧安静地喝完了白粥，拿起桌上的药就着已经温凉的白开水服下。微微的苦涩感充斥着口腔，却奇迹般地没有在服用西药的同时，生出呕吐的感觉。

他往隔壁的房子看了一眼，摸了摸自己扎手的下巴。

洗手间，氤氲的热气里他终于看清了自己的样子。湿漉漉的黑发已经盖过了眼睛，因为高热而充血的眼睛以及苍白的嘴唇，无一不在散发着颓废与无力。

他淡淡扯着嘴角，难怪那只汤圆将他比作流浪者。

摇了摇头，挥去脑海中不自觉浮现的她磕在椅子上看着自己专注的眼。

洗过澡，围着浴袍的周廷尧再一次坐上了工作台。

忘了是从什么时候开始真正喜欢上这个职业的，独特而繁复的设计理念，不断从大脑中流淌出来的色泽与线条，仿佛因为这支笔，宝石的灵魂再一次得到重生。

这样的感觉，像极了年幼的时候。

木制的复古大院落，他随着很多的银雕小学徒站在大堂里。有师傅在一旁边走边说："复杂的工艺是银雕最大的魅力所在，绘图、画银、制作银皮、錾刻、抛光等十几道工序缺一不可，使用的工具更是高达四五百种……"

他烦了，左摇右晃地老是想往外跑。

往往还没从大院子里跑出去，就被老师傅逮着衣领拎起来。他们总是笑："廷尧你小子怎么总是这么皮，你看看你爸，看看你哥哥和师兄哪一个不比你认真？"

父亲那个时候已经是颇有声望的银雕师傅了，所有人理所当然地认为周家的儿子一定会子承父业。

他讨厌那样的理所当然。

记忆中的家是鲜活且热闹的，有着传统工艺文化沉淀的厚重感。后来，他也想过拿起錾子和刻刀，而且是必须拿起来，但终究以失败告终。

机缘巧合学了珠宝设计。由设计到起版、出蜡、倒模、执模、镶嵌、抛光、电金……最后到出货。他从这个行业找到了一丝相通的熟悉感，赋予珠宝最初的灵魂。

天边第一道光线从楼宇间升起的时候，他终于将设计草图发到了客户的电脑里。

打开阁楼的小小玻璃窗，一眼就看到了对面的姑娘。

她蹲在地上不知在干什么，小心翼翼的样子。想起第一次看见她也是这样的情景，他刚从一个漫长的黑夜中回过神来，就在外面见着像只受到惊吓、急于掩藏的动物一样的她。

他下了阁楼，走到天台的边缘问她："一大早干吗呢？"

这次她倒是没有躲，应该说她已经忙得懒得看他。随意瞥了他一眼，继续在一个较大的花盆底部铺上两厘米厚的粗沙，然后再将旁边倒出的土团重新放入盆中，敦实、浇水。

她做完这一切站起来，才发现周廷尧居然还饶有兴致地站在对面看着自己。

她看了他一眼，心想这恢复能力倒是挺不错的。她没好气地说："看什么看？君子兰夹箭懂吗？我在给我的花治病。"

他倒是挺配合，摇摇头说：“不懂。”

心想这火气还没有消呢？估计昨天晚上说她有狂犬病这事儿彻底被她记在心上了。

就在当天上午，汤妍被宋晓柳一个电话外派到邻省去了。近两年工作室业务范围拓展，汤妍时不时需要出差做项目。

宋晓柳有些良心发现，说：“姐知道你已经很久都没有假期了，这是最后一个项目，你回来就给你放长假怎么样？”

汤妍笑笑：“你别出尔反尔就行。”

虽说他们拥有魔法师一样的双手，会让你睁开眼就嗅到自然的芳香，街道两旁、商店的橱窗，无一不是创意的杰作。但这个行业浪漫和文艺多是表面铅华，忙起来的时候骤胖或者骤瘦都不是什么稀罕事儿。

她想，放个假什么的也挺好的。

不久后，周廷尧接到了父亲周定安的电话。看到新买的手机屏幕上显示已经没有了备注，却还是熟悉的号码，他迟疑地接了起来：“爸，您找我？”

“嗯。”电话那端的声音亦是低沉犹疑的，“你妈前段时间是不是给你打电话让你去相亲了……女人操心的都比较多，你……”

“我知道，您放心。”周廷尧说。

“那就好，最近忙不忙？”

“不忙。”

“既然不忙就替我跑一趟枫原镇。有一个银雕大赛请我做评委走不开，你二哥最近也在国外。陶全水陶师傅现在是那里的一位银匠师傅，不论用多少时间和精力争取把他请来……”

周廷尧像是突然哽住了一般，很久后才缓缓地说：“好，我去一趟。”

枫原镇位于西南方，经过四月的绵雨洗涤后，五月的天空变得剔透、纤尘不染。周廷尧选择了自驾，沿途树木葱茏蓊郁，空气恬淡而又舒缓。

抵达的当天，已是下午。

淅淅沥沥的小雨打湿了沿途的青石板小路，小镇不大，依山傍水。因为下雨的原因，远处的山峦云雾缭绕，若隐若现。

他在一家位于街角的客栈订了房间。

客栈是一对四十多岁的夫妻开的，老板娘圆圆胖胖的脸，笑起来亲和友善。见来人背着双肩包，高高瘦瘦的帅气模样，她便问："小伙子来旅游啊？"

周廷尧把身份证递过去，笑了一下说："不是，来找人。"

"找人啊，那问我啊。这枫原镇上上下下就没有我莲姑不知道的，小伙子你可别是和女朋友吵架了，来这里寻人吧？"老板娘的普通话带着南方口音，调侃又惊奇的夸张模样让周廷尧对这个地方莫名生出几分好感。

"您认识一位叫陶全水的银匠师傅吗？"他问。

老板娘一拍桌子："你找他啊，认识。我跟你说啊小伙子，那师傅的脾气那叫一个古怪的嘞，你找他一个老头子干啥？"

周廷尧笑笑没说话，既然认识那就好办很多。他也不急，从老板娘手中接过房卡，决定先上楼整理行李。

老板娘看着青年消失在楼梯的转角，对着从后面走来的丈夫八卦："我跟你说，刚刚来了个好帅的小伙子嘞，长得又高，皮肤又好，比电视里的明星还好看呢。"

对于相处二十余载的妻子，丈夫只能瞪她一眼，没好气地说："再帅能有什么用，帅能给你开这么大一家客栈，让你天天只管坐着收钱？”

“你欠打是不啦……”

第二天清晨，拉开客栈的窗帘才发现天已经放晴。

沿着老板娘所指的路线一路走来，他发现自己还是没能走到目的地。小镇巷子较多，七弯八绕很难辨认。

拿出手机，他才想起来这个地方恐怕是没有导航这种东西的。

他开始漫无目的地穿梭，街边正在纳鞋底的老婆婆、围墙上摊开肚皮晒太阳的小黑猫、倚在门槛打瞌睡的大汉，无一不昭示着这个地方的随意和慵懒。日出日落，时光更迭得不留下任何痕迹。

他走出一条巷子，前进的脚步却突然顿住。

错愕和惊疑之后，却是突如其来的放松和失笑。

他就那样随意地站在街角，勾着嘴角喊：“汤圆儿。”

手中正端着布篓子的汤妍被吓了一大跳，她惊讶不已地看着十米开外缓缓朝自己走来的人，怀疑是不是自己出现了错觉。

“怎么了？傻了？”周廷尧在她眼前挥了挥手。

汤妍瞪他一眼，能别做这种试探白痴一样的动作吗？她上上下下地打量他，确定是他本人无疑之后惊讶地问：“你怎么会在这儿？”

周廷尧挑眉：“难道不是你跟踪我吗？大半个月不见，别来无恙。”

汤妍用我疯了才会跟踪你的表情看着他。

周廷尧穿了一件白色的长袖T恤，卡其色裤子，白色运动鞋。少了长时间待在房子里的沉闷，背着一个黑色背包，竟也能从他身上看出那么点少年的俊朗模样。

汤妍说：“这是我老家，我放假回来陪我妈。不过，你怎么来这儿了？”千里之外，隔着万山千水的又一次意外重逢，怎么想都觉得有那么点不可思议。

他露出了然的神色，随即说：“来玩儿。”

汤妍换了个拿东西的姿势，看他一眼说：“你稿子交了吗？还有心情玩儿？”

那质问的模样倒是逗乐了周廷尧，他弯下腰凑近她说：“我自由职业，单子想接就接，不想接谁也管不着。”

汤妍连忙退了两步：“你是大爷，行了吧。”

屋里传来庆佩文的声音，她问：“妍妍，你和谁说话呢？让你拿个东西怎么半天都没有拿进来？”

“哦，来了。”汤妍连忙端着东西进去，把手中的所有针线放在桌边，对着正低头的庆佩文说，“妈，你歇会儿吧，反正也不急在这一时。”

庆佩文穿着一件素雅花色的旗袍，盘着的发丝里可见些许白发。

汤妍记忆中，庆佩文一直是温和优雅的。虽然一直生活在枫原镇这个小地方，但据说少女时期家中也算富裕，嫁给父亲后也一直备受宠爱。这大概也是父亲离世后，她一直未曾改嫁的原因，守着这个小旗袍店，辛辛苦苦带大了女儿。

“没事，你刚刚和谁说话呢？”

汤妍刚想说没谁，周廷尧竟然随着她推门进来了。他说：“阿姨好，我叫周廷尧。和汤妍之前认识，这次来这边办事，刚刚在外面碰巧遇见才知道原来她家住在这里。”

庆佩文这才抬头去看他。她摘了眼镜，站起来笑得很温和，说：“那这就是缘分，周先生是吧，不用客气，随便坐吧。

“妍妍，去倒杯水。”

汤妍看看这个，再看看那个，心想这都叫什么事啊。

也没见两人聊什么实质性的东西，不过十来分钟的时间，庆佩文竟然开口邀请周廷尧去家里吃午饭，顺便说："妍妍，你和周先生一起去买菜，我把手头的活儿做完了就回来。"

汤妍："……"

两人并排着走出旗袍店，汤妍瞪了周廷尧一眼说："你都不知道拒绝两个字是怎么写的吗？还有啊，你不是说你来玩儿的吗？这个地方很小，逛完都不用一天，你还不如早逛完早回去。"

周廷尧笑出声，说："汤圆儿，你妈妈倒是有几分大家闺秀该有的样子，而且对我印象不错。可你这个做女儿的怎么没继承你妈妈半分优点？"

"你……"

汤妍看着走在前面周廷尧的背影，半天不知道该说什么。

菜是周廷尧付的钱，回到自家的小院子也不过上午十点，这个地方离旗袍店不远，走路也就五分钟的样子。小庭院有些年代了，是爷爷那辈留下来的最珍贵的东西。围墙上全是盛开的蔷薇，院子中央有一个葡萄架，旁边栽种着三两株桃花。

一看就是主人精心打理，适宜居住的舒适模样。

汤妍进门就绾上了头发，指着庭院的石凳说："你自己随意，我去做饭。”

“你居然还会做饭？”周廷尧跟在汤妍的身后，一边走一边怀疑地问。

汤妍走进厨房，拿起锅铲，指着他说：“要么闭嘴，要么出去。”

周廷尧选择了闭嘴。

他靠在厨房的门上没有说话，安静地看着汤妍熟练地切菜、调料、翻炒，很快浓浓的饭菜香便弥漫了整个小院子，倒是让他想起了之前她给自己熬的那碗白粥。

脑海中骤然想起《诗经》中那句“桃之夭夭，灼灼其华。之子于归，宜其室家”，随即又骤然失笑。想来大约是这个小镇时光静好的样子，和眼前这一幕的错觉，竟也让他突然变得矫情起来。

到了饭点的时候，庆佩文才回来。

周廷尧正在院子里摆放碗筷，庆佩文连忙接过说：“周先生是客人就别忙活了，我自己来。”

周廷尧倒还是坚持着帮忙，庆佩文看了看还在厨房的女儿的身影，问身边的年轻人：“周先生的气质看着倒不像是一般人，怎么会和我们妍妍认识？”

周廷尧倒了一杯茶放在庆佩文的面前，笑了一下说：“我和汤妍住得很近，后来又因为工作有过一些交集所以才会熟悉。阿姨您也不必客气，叫我小尧就行。”

庆佩文这一生遇到的人不多，但半生经验也还是能看出一个人是否真诚，便点头应了。

她说：“那我也就不客气了，小尧。汤妍这孩子有些实心眼儿，我这一辈子对她要求也不高，能平安幸福就好。”

周廷尧愣了一下，然后抱歉地笑笑说：“阿姨，您误会了。”

庆佩文同样笑了一下说：“我知道，你们有没有事我还是看得出来的。”

周廷尧就那样安静地坐着，隔了很久看了眼厨房才说：“她是个好女孩儿。”

庆佩文要的也就是这句话而已，只有一个人心中有了定义，行为和决定才会思虑周全。不论他们是何种关系，只要不伤害到汤妍，她也没什么其他要求。

“聊什么呢？”汤妍端着一碗汤从厨房里出来。

周廷尧站起来帮她接了一下，小心翼翼地放到桌子上。汤妍看了他一眼，心说怎么在长辈面前，就能做到这般绅士周到的模样呢？

吃饭的时候，庆佩文问他："小尧，你到枫原镇是干什么来了？"

"哦，找一位叫陶全水的银匠师傅。"

"你不是说你来玩儿吗？骗子！"汤妍听到这话的第一反应就是这家伙居然满口谎话，亏她还真的相信他是为了逃出情伤之类的理由，出来旅游的。

"妍妍。"庆佩文叫了汤妍一声。

汤妍连忙闭了嘴。

庆佩文接着说："陶师傅在镇上多年，几乎全镇的人都认识他。就是脾气古怪了一些，不爱与人接触，你要是找他有事就让妍妍带你去，这镇上的路比较绕，初来的时候，容易找不着路。"

"谢谢阿姨。"

为什么啊？汤妍哀怨地看了母亲一眼。

再说，一个古怪老爷爷与面前这个古怪男人刚好凑成一对儿，她一点也不想去凑热闹。

陶全水陶师傅居住的地方，和旗袍店相隔两条街。

在这个处处都已经是机械化生产的时代，陶师傅的银匠铺保留着最原始的样貌。那条街是汤妍小时候上学的必经之路。记忆中，对于银匠铺的印象一直停留在，戴着一副老花镜的陶师傅，酒精灯的淡蓝色焰火，以及锤子打银时发出的叮叮声。

老街老巷，敲敲打打就是一生。

汤妍带着周廷尧到陶师傅银匠铺的时候，站在门口问他："你千里迢迢来找陶师傅干什么？"

"行了，你可以回去了。"

汤妍："……"

她算是领教了什么叫利用完就被扔到一边的感受了，可她偏偏较上劲，站在门口说："我不，我决定在这里看着你是怎么被轰出来的。"

"你自便。"说完，周廷尧就跨门进去了。

果然，一分钟都不到，周廷尧便被推出来。

推他出来的是陶师傅手底下的一个小徒弟，叫刘小东，见着门外一脸看好戏的汤妍便说："小汤圆，你带来的人啊？你又不是不知道陶师傅工作的时候不让人打扰，干吗非得在这个时候把人带来？"

汤妍举手："东哥冤枉，是他自己要进去的。还有，我都多大了，不准再叫我小汤圆！"

刘小东便拱手称是，然后才对着周廷尧说：“陶师傅一般不见客，你要是有什么想要的银饰可以把图纸交给我。”

“不用了，我找陶师傅本人。”

“那你过段时间再来吧。”

面前的门“嘎吱”一声关上了，汤妍笑得有些幸灾乐祸：“吃闭门羹了吧，叫你不听我的。”

周廷尧看了大门两眼，然后转身离开。

汤妍跟上去，说：“周廷尧，你就这样放弃了啊？”

他猛地停下来差点让汤妍撞上他背上的背包，然后转头似笑非笑地看着她说：“看来你这汤圆的名声倒是从小就出名。”

汤妍咬牙：“周廷尧，这是我的地界儿。你最好对我态度好点，这方圆十里惹了我，你不会有好果子吃的。”

“砰”的一声，周廷尧赏了她额头一个栗暴。看来这地方倒真是这只汤圆最熟悉的小窝，有了母亲，有了上上下下都熟悉的街坊朋友，撒泼打诨，都快得意得像只螃蟹横着走了。

他说：“没关系，一年半载我都耗得起。汤圆儿，你再横也是圆的，迟早都得滚着回去工作，到时候……”

汤妍只好瞪着眼睛闭上嘴巴。

今天算是无功而返，汤妍尾随着周廷尧回了他住的客栈。

老板娘莲姑见着周廷尧连忙从招待处绕出来，亲切地说：“小尧，你回来了，吃饭了吗？需不需要和我们一起吃？”

“不用了，谢谢。”周廷尧笑着说。

汤妍腹诽这周廷尧也不知耍了什么手段，在自己家的时候暗黑又难搞，出了个门，三姑六婆都围上来亲切地叫他一声“小尧”。

她抖了抖身上的鸡皮疙瘩，从周廷尧的背后钻出来，拉着莲姑的手甩了两下说：“莲姨，您居然都没有看到我。”

莲姨拉着她的手上下打量，笑着说：“小汤圆啊，啥时候回来的？”

“回来好几天了。”

“长得越来越好看了，像你妈。我跟你说，你妈上次给我做的那件旗袍我可喜欢了，穿出去谁都夸漂亮。今天晚上不许走啊，留在这里吃饭……”莲姑说着说着突然顿住了，看了看周廷尧再看看汤妍，“你男朋友？”

汤妍连忙摆手：“不是不是，就是……朋友。”

莲姑笑了笑，一脸了然地拍了拍汤妍的手背：“放心，莲姨都懂。你是怕你妈晓得吧，你放心，我不会说出去的。”

汤妍哭笑不得，您懂？您都懂啥啊？

她去看周廷尧，对方抽了抽嘴角，拉了一下肩膀的背包带随即上了楼。

一连好几天，周廷尧都没有见到陶全水陶师傅，汤妍自然也没有见着周廷尧。

她这次的假期有彻彻底底的两个月，宋晓柳据说和新男友报了个旅行团，决定围着我国边境线的城市绕上一圈。原本说让汤妍一起的，但汤妍还是回了枫原镇。

这个世界上，恐怕再也没有任何一个地方，比这儿更让她觉得有归属感。

帮着庆佩文量身、裁剪、缝合，她做得细致且认真。花艺工作室暂时不接项目，一些简单的日常打理交给了底下的新员工。她难得拿出照料花草时的耐心，陪着母亲做一些琐碎的日常小事情。

庆佩文一边用尺子量着尺寸，一边浅笑着问汤妍："那个小尧走了啊？这两天怎么没见他？"

汤妍笑出声，说："还小尧呢？估计天天在吃闭门羹吧，反正他闲得慌。"

庆佩文摇摇头："你别跟个小孩子似的，那小尧大老远过来人生地不熟的，你倒是帮帮人家。"

汤妍想了想，她连周廷尧找陶全水师傅干什么都不知道怎么帮？

不过，她最后还是应了庆佩文的要求，去银匠铺堵过周廷尧两回，可是连个人影都没有见着。就在她想，这周廷尧不会受不了打击回去了吧的时候，刘小东在银匠铺门口说："你现在才来找人也太晚了吧，我跟你说隔壁的清莉都已经跟你男朋友告白了，等你找到人黄花菜都凉了。"

汤妍才觉得心都凉了，颤抖着问："谁说他是我男朋友的？"

"这是重点吗？这几条街谁不知道你带男朋友回来见家长了。"

汤妍："……"除了那天买菜被几个熟人撞见过，估计莲姨在当中也出了不小的力。这地方小了藏不住事，她现在估计跳进黄河都洗不清了。

她问："周廷尧人呢？"

"这会儿估计和清莉在湖边吧。"

还湖边？倒是挺有情调的。

清莉算是这个枫原镇很漂亮的姑娘，从小学起，身后总是会尾随着那么几只苍蝇。大学毕业之后进了外企，在小镇上掀起了好一阵讨论热潮。

关键这又不是大过年的，也不知她跑回来凑什么热闹。

刘小东说：“你不知道吗？这清莉前不久和她那个上司男朋友分手了。据说是因为男朋友劈腿，心灰意冷回来疗伤的。可我看着不像……我跟你说，她那天在这条街上遇见了那个谁……就是你那个男朋友，每天穿得花枝招展在这条街上晃悠。”

汤妍：“……”

两个失落的伤情人倒是很相配。她和清莉关系一般，估计是漂亮的姑娘都有莫名其妙的敌意来着，她一直是这样以为的。

但最后想想，这清莉看着漂亮且手段也了得，高中的时候就和这一片的各路中二流氓关系不错，后来更是借着聪明的头脑，一路过关斩将，事业爬得高不说，硬是踹走了上司的前女友，把人套到手了。

不论消息真假，据不久前苏朵的说法来看，周廷尧身边的女人大概也如过江之鲫。

能在异地的秀丽小镇来段艳遇，他估计也不会拒绝。

第四章

DISIZHANG

喜欢一个人的心

这样的人她有什么好担心的，汤妍自找没趣地撇撇嘴。

正准备转身离开，身后竟然传来了周廷尧叫她的声音。

“汤圆儿。”他声音不大，但汤妍一直觉得明明同样的称呼，从他口中喊出来感觉始终不一样。

她回过头去看他。

街头的另一端站着的男女看起来很是相称，男的休闲俊美，女的娇艳如花。快要进入六月的天气已经开始慢慢热起来，但在枫原镇这个一年四季温度都高不到哪儿去的地方，这清莉却穿得异常清凉，精致的妆容看起来越发夺人眼球。

不愧是从小美到大的女孩子。

“有事？”汤妍漫不经心地掀起眼皮看周廷尧。

莫名又觉得心中那怪异的感受很是奇怪，她想自己应该是嫉妒了。当初她与清莉同称为枫原中学的两枝花，这周廷尧对待人的差距未免也太大。

清莉笑着走上前说：“汤妍，好久不见。”

“好久不见。”她们还真是好久都没有见面了，离开了枫原镇这个地方，她们上不同的大学，去不同的城市，走上了截然不同的人生道路。

“你和廷尧的事这街头巷尾都快要传遍了，怎么这两天一直没见着你人？”

汤妍笑：“呵呵。”

连廷尧都叫上了，发展速度未免太快。汤妍决定不接话茬，对于清莉，她有阴影。从小到大，别人形容清莉永远是漂亮，而她顶多算是可爱。就算再努力，她的成绩也达不到像清莉那样一直拔尖儿。就连情窦初开的年纪，暗恋的少年喜欢的人也永远都不是她。

她也曾向母亲哭诉，说命运的不公平。

庆佩文那个时候就只是笑笑说："这个世界本就没有公平这回事，你不是比别人差，你只是还没有真正遇见。"

后来回想，为那段无知的年月的自己，她不止一次感到丢脸不已。

但是和清莉相处不来是真的，这姐姐说一句话可能有好几层意思，她没那个心思猜，也觉得相处起来很累。

周廷尧适时插话，对着清莉说："今天就到这儿吧，谢谢你。"

"没事。"清莉大方地笑笑，转身要离开的时候分别看了周廷尧和汤妍一眼，看得汤妍心里有些莫名其妙。

"走吧。"周廷尧回头对汤妍说。

"去哪儿？"

"去找陶师傅。"他说完便背着包走在了前面。

汤妍不得不小跑着跟在他身后，边跑边指着旁边的大门说："银匠铺不就在这儿吗？你上哪儿找他去？"

周廷尧骤然停下来，看着汤妍嗤笑一声说："亏你好意思说这是你的地界，要真找你，估计我是指望不上了。"

汤妍："……"

当两人站在山坡上的时候，汤妍看着湖边那个戴着宽檐帽、穿着白大褂一动不动的身影说：“这就是你出卖色相从清莉那儿知道的消息？”

周廷尧居然淡淡地回了她一句：“是啊。”

汤妍被彻底噎了一把，便不再理会他。这里是小镇上的唯一一片湖泊，发源于后山山脚，湖水清凉澄澈。

陶全水已经年过七十，头发已花白，岁月在那张苍老的容颜上填满沟壑。几十年与银器为伍，唯一的爱好大约就是每个周五的傍晚，会到这个湖边来钓鱼。

“你知道陶师傅会来这儿？”周廷尧看着那个方向问旁边的汤妍。

汤妍白他一眼：“废话，不然我今天干吗来找你。”

周廷尧勾了勾嘴角没接话，他发现这汤妍还真是别人说什么都信。这样的消息随便打听都有人知道，又何必特地找一个清莉那样麻烦。

他走在前面，汤妍跟着他下了小山坡。

“陶师傅。”周廷尧先打招呼。

陶全水转头看了他一眼，然后又一言不发地转回去，根本没有要理他的架势。

汤妍把周廷尧拉到边上小声说："别白费劲了。这两年因为陶师傅的手艺，慕名而来的人越来越多，他最讨厌的，就是你这样不知缘由还径自摸上门的人。"

周廷尧用眼尾看她。

汤妍便眨眨眼，笑着说："看我的。"

她三步并作两步地跳到陶全水的身边，蹲在草地上问："陶师傅，你今天又钓了几条鱼啊？"

"两条。"陶师傅认出了汤妍，倒是笑着把身边的塑料桶往汤妍面前一放。

汤妍得意地冲周廷尧甩了个眼神。

陶师傅这人虽然有些不好接触，但是对于枫原镇那些自己看着长大的孩子还是不错的。汤妍小时候有一副银镯子，据庆佩文说，那还是汤妍刚出生的时候，陶师傅亲自动手打造再让人送来的。不然，她也不可能和陶师傅的徒弟刘小东那么熟。

她指着周廷尧说："陶师傅，有人找你呢。"

陶师傅开始眼观鼻鼻观心，不动了。

汤妍顿时有些不知所措地去看周廷尧，她很想说，你看，是陶师傅根本就不想理你，我也没有办法。

周廷尧走上前，伸手把汤妍从地上拉起来。

他说："陶师傅，我下次再来。"

汤妍跟在周廷尧的后面，她有些着急地去拽周廷尧的胳膊："喂，周廷尧。你就这样走了啊？你下次再找他就又得等一个星期了。"

汤妍的声音隔着湖堤越飘越远，渐渐地，便随风彻底隐去。所以汤妍自然也没有看见，他们走后不久，陶全水师傅便扔了手中的鱼竿，站起来提着鱼桶把鱼倒进了湖里，边倒边语气不善地说了一句："没有长进的东西！"

……

湖泊距离小镇大约小半个时辰的路程，汤妍跟着周廷尧回去的时候，天已经暗下来了，两人在分岔路口站定。

"周廷尧，你真打算这样耗着啊？"汤妍问。

这一个星期一个星期地耗下去，不知要等到何年何月了。

夜幕四合，沿廊的红灯笼发出淡淡的光晕，照亮了古老的雕花窗，也映红了周廷尧沉默的神色，像是陷进了某些回忆的样子。

有熟识的阿姨出门倒水，对着路口的两人打量半晌，便笑着说：“小汤圆，你这天都黑了是要带男朋友逛夜市啊？”

“啊？不是不是。”她忙尴尬地笑道。

周廷尧倒是回过神，扯了扯汤妍的胳膊说：“走吧，送你回去。”

“不用了。‘路不拾遗，夜不闭户’听过吗？这枫原镇的安全系数有多高，你过段时间就知道了。”

周廷尧嗤笑，拍了一下汤妍的脑袋说：“有人的地方就有江湖，你不知道吗？”

“您文学造诣高好了吧。”

嘴皮上来往了两句，汤妍还是由着周廷尧把她送到了小院门口。

“你下个星期打算怎么办？”

“去钓鱼。”

“那我和你一起去？”

“你去干什么？”周廷尧问。

“防止你挨打啊。”陶师傅的厉害汤妍可是见识过的，小时候见他教刘小东他们，出了错就会拿着藤条追得他们满大街跑，打得哭爹喊娘都是常事，所以汤妍对陶师傅多多少少还是有些心理阴影。

周廷尧也不知想到了什么，突然笑了。

所以也没有再阻止汤妍。

周廷尧似乎真的做好了长期战斗的准备，连客栈的老板娘莲姑都看出来了，房钱只准备收他一半，还笑着说：“迟早都是这枫原镇的女婿。”

再多的解释都是徒劳，周廷尧只是按照原价交了房钱。

没事的那几天也看不出他有丝毫焦躁和不耐烦，带着部相机在街头巷尾乱转。枫原镇是个古老的小镇，但并未大肆开发旅游业，还保留着很多原有的建筑风格。

除了小巷，这里的主街也就那么几条。

“周设计师。”身后有人叫他。

在这种地方，会这样叫他的估计也就清莉了。他转过身，像是没有看见女生精心装扮过的样子，淡淡地点头说：“巧。”

“不巧了，拍照吗？一起走啊。”清莉这样的女生周廷尧见得不算少，精明能干，知道自己喜欢什么，并且有足够的勇气和手段去为自己争取。

周廷尧没有表示反对。

两人沿着街边慢慢走着，清莉看着周廷尧时不时停下来对着街边建筑物或者小孩拍照。她轻轻撩了撩耳边的碎发，试着找话题："没想到能够这么幸运，我记得我们上次见面还是两年前吧。我和我……前男友在一次拍卖会上拍过一个手环，还有幸在后台见过你这位神秘的设计者。"

"你们喜欢就好。"周廷尧看着镜头笑笑。

顺便也想起了那次并不太愉快的合作，拍卖品的买家能够见设计师本人这一条他事先是不知情的，所以，后来他再也没有与对方合作过。

"你……和汤妍真的是男女朋友？"清莉问。

这时周廷尧刚好抓拍到了一个穿着素衣、胸前挂着佛珠的光头小男孩儿，坐在门栏吃包子的照片，灵动鲜活。

这是今天最满意的一张，他随意转头看了清莉一眼挑眉说："你觉得呢？"

"啊？"她瞳孔微微扩大，美丽的脸庞显出那么点儿羞赧来。她生于小地方，从懂事起便知道自己不甘于此，加上她也有那样的资本。上一个男朋友有钱没错，但也仅仅只是有钱而已。

直到她见到周廷尧。

没见到本人之前她就听过周廷尧的出身，作为国家级非物质文化遗产的银雕世家的后人，就算浮于表面的顽劣和不恭，但骨子里的东西依然没有办法改变。

这次居然意外地在这种地方遇见。

她想，这大约就是天意的最好诠释。

“我猜不是，你们看起来也不像是情侣的样子。”清莉笑着说。

“是吗？我倒觉得她还挺有趣的。”周廷尧说得随意，像是谈话间最平常的回答，却让一旁的清莉僵住了表情。

周廷尧没有表露什么，但他待人向来随意，恰巧，今天不太喜欢自作聪明的人。

清莉不愧是混迹职场的人，很快调整过来，装作不经意的样子站到周廷尧的镜头里，歪着头笑着说：“没看出来你兴趣爱好还挺广泛的，不介意替我拍一张吧？”

而周廷尧却是放下了相机。

他脸上依然还是挂着浅笑，说：“抱歉，我不喜欢摆拍。”

这句话倒是真的，拍山水、拍人物，更多的是拍人文建筑等。这些年镜头里多是眼睛捕捉到的东西，最起码该是他愿意去按下快门的瞬间。

而不是像年少时恋爱那样，女朋友塞给你一部手机，一边跑一边喊，给我拍一张，要是拍丑了饶不了你。

他如今也不是不能拍，只是不想而已。

汤妍坐在旗袍店的外面，对着屋里的庆佩文抱怨："妈，这小孩子也太难带了，你为什么偏偏应下这种活儿啊？"

"嘶……"她刚抱怨完，就被面前的肉团子抓了一把头发。

庆佩文笑着说："他妈妈今天有事，你带半天而已就受不了啊。那你以后自己做妈妈了，怎么办？"

汤妍嘟囔："好好的，干吗说这个？"

庆佩文闻言接话："你以为你还小呢？二十好几的人了，我没催你不代表不着急。"

汤妍连忙打住这个话题。

她掐住面前肉团子的腋下把他举起来，小孩儿还不会说话，黑溜溜的眼睛直打转也不哭。只是太好动了，把她今天扎在胸前的大辫子抓得乱糟糟的。

"咔嚓！"

按动快门的声音。

周廷尧看着定格在相机里的画面勾了勾嘴角。

一大一小互瞪着眼睛，女生穿着白色上衣和牛仔裤，托举的动作看着有那么点儿手忙脚乱的慌张和无措。

“周廷尧？你侵犯我肖像权知不知道！”汤妍发现不远处拿着相机的人后，连忙把手中的小孩子放到自己的膝盖上。

“你怎么知道我拍的是你？我明明拍的是它。”他指着旁边一株半人高的万年青说。

汤妍这才发现他身后还跟着一个清莉，没好气地说：“我是不相信你的技术，拿着部相机只是为装样子。”

周廷尧轻笑了一下，走上前来抱起了汤妍怀里的小孩子，在手中掂了掂才说：“我也不需要你的相信，不是吗？”

摄影是大学毕业之后才开始的，珠宝行业入行其实并不容易，要把握流行趋势，掌握时尚元素，寻找设计概念源头。那个时候他走过许多地方，不断地学习和提高，后来才渐渐开始养成用镜头记录的习惯。

汤妍惊讶地看着周廷尧熟练的动作，他一只手搂着，另一只手贴在小孩子的后背心。或许是人高的原因，他的怀抱看起来很有安全感的样子。

关键是小宝宝老实了，不挣扎也不乱抓，乖乖地趴在他的肩头。

“你养过小孩儿啊？”她问。

周廷尧低头看了汤妍一眼，面无表情地说：“这不过是常识性的知识，你连这都做不到，除了花艺你究竟还有什么用？”

汤妍：“……”她不断告诉自己不要生气，起码他认为她花艺做得还不错。

而一路跟着他过来的清莉，震惊于刚刚还拒绝给自己拍照的人，转眼就把另一个人框进了镜头却还不愿承认。她有丝疑惑，更多的是不甘。她走上前，状似玩笑一样对汤妍说：“汤妍，听说你这几年工作做得不错嘛，都和人搭伙做起老板了啊。”

“不是什么老板，只是自己喜欢。”汤妍说。

“也是，小时候就你爱往山坡上跑，别人弄坏了你栽种的盆栽还会哭鼻子。”

汤妍：“……”拉家常就好好说，一个劲儿说别人小时候的糗事就没什么意思了嘛。

原本在旁边一直逗着小孩儿的周廷尧倒是看了清莉一眼，他走上前把团子还给了汤妍，然后平淡地说：“我先走了，周五准时来客栈找我。”

汤妍有些云里雾里，他当时虽然没有拒绝，但是也没见得有多么乐意，这突然特地强调这个事情是干什么？

她看着刚刚还很热情的清莉，见着周廷尧走后连忙找借口离去的样子，点了点怀里不明所以的小家伙的脸说：“都不是什么好人，你说是吧？”

小家伙吐了一嘴的口水泡泡。

里屋的庆佩文听了全程，没有出来，只是笑着摇了摇头。

一路跟着周廷尧回到暂居客栈的清莉终于还是忍不住开口了。

她又问了一遍：“你和汤妍究竟是不是男女朋友啊？”

周廷尧停了下来，这次他没有回“你觉得呢”，反而很认真地说了一句“不是”。不等清莉有下一步行动，他又突然笑了一下说：“虽然不是，但我以为我拒绝你的态度应该很明显了，没想到你居然还跟着我走了一路。”

清莉耸肩道：“我想你应该夸我大胆不是吗？如果你没有女朋友，为什么不考虑我试试呢？”

周廷尧还很认同地点点头，朝刚刚回来的方向抬了抬下巴笑着说：“刚刚不该为难她。”

“我可什么都没说。”清莉笑得很大方的样子，但同时心里也知道，如果刚刚周廷尧没有走的话，她或许的确会说出比较难听的话来。但那又如何，她从未觉得自己做错了什么。

周廷尧做出 OK 的姿势，同样耸肩说：“我对你没什么兴趣。”

这够明确了吧。

“很直接。”清莉说。以她的样貌和条件不是没有选择，只是这次能够遇见周廷尧算是很难得的机会。她的确不想轻易放手，但也看得出来周廷尧并不喜欢太缠人的女人。

她从手提包里摸出名片，插在周廷尧的上衣口袋里，贴近他说：“你是真的挺吸引我的，如果你有天想通了，可以给我电话。”

周廷尧点头应下，却在刚刚进门的时候就把名片扔进了垃圾桶。

艳遇这种事情这些年遇见过很多，这个清莉也不过是众多人中的一个。按照以往，他心情糟糕的时候或许还有点兴致周旋几句，但这次也不知怎的，便连应付都觉得多余。

他原本哪是会顾虑那么多的人，偏偏会因为知道那只汤圆即便被为难大概也回击不了，而选择提早离开。

他想，自己大概是疯了吧。

周五那天的下午，周廷尧看着汤妍提着大包小包，问她："你是要干什么？"

汤妍使劲儿提了一下肩上的带子，喘着气说："不是你说要钓鱼的吗？"

"钓鱼需要这么多东西？"

汤妍点点头。除了鱼竿、鱼饵，还有折叠凳、雨伞等一系列物品，毕竟枫原镇是个多雨的地方，为了以防万一嘛。

周廷尧摇摇头，最终还是面无表情地把她身上的大部分东西背到了自己身上。

汤妍笑着偏头看他："你什么时候变得这么好心了？"

"还给你，要不要？"

"不要。"

……

两人到得比较早，在陶全水师傅平常钓鱼的位置把东西全部整理完毕。汤妍对着周廷尧座位底下的凳子哼笑："看到没有，要不是我，你现在就得坐在地上。”

“那真是谢谢你。”他一边研究着怎么摆弄鱼竿，一边随口回她。

汤妍看了他半晌，怀疑地问：“你会吗？”

他瞪她一眼：“你以为我跟你一样。”不一样就不一样，怎么能进行人身攻击呢？汤妍气冲冲地从凳子上站起来。

她举目四望，惊喜地发现不远处的小山上怒放着大片大片的杜鹃花，远远望去犹如给山林间染了胭脂。因为过了早春时节还能见着成片的花，已是非常难得。

她跑过去摘了好大一把。

回来的时候周廷尧已经穿好鱼饵准备开始了，汤妍便把一片择干净花蕊和叶子的花瓣递到他嘴边：“你要吃吗？”

周廷尧疑惑地看着她迟迟没有动作。

汤妍深吸一口气开始解释：“放心，毒不死你。这种俗称为映山红的杜鹃是可以吃的，除了黄白杜鹃和比利时尖叶杜鹃之外都能吃，我小时候吃过很多，你到底要不要？”

周廷尧便把花瓣咬进了嘴里。

有点酸酸甜甜的味道，他去看正专心弄着花枝上残叶的汤妍。依然编着辫子，头顶上还有刚刚去摘花落下的枯黄叶子夹在发间。

他便伸手去替她清理。

他就是在这个时候，用余光看见了刚从环山公路下来的陶全水师傅的。他同样看着周廷尧，脸上没有任何表情，也不知道在那里站了多久。

周廷尧没有太大反应，淡然地收回了手。

“陶师傅，你来啦。”汤妍也看见了他，噌地从凳子上站起来，殷勤地拉着陶师傅在旁边坐下。

“妍丫头，你来这里干什么？”陶师傅坐下才问站在边上的汤妍。

汤妍指了指周廷尧手上的鱼竿，笑着说：“来钓鱼啊。”

陶全水这才看了一眼边上的周廷尧，然后从鼻子里哼了一声，便自顾自开始手上的活计。

汤妍和周廷尧咬耳朵：“你和陶师傅是不是认识啊？”

“想知道？”他亦配合着她低声询问。

她点点头。

“我为什么要告诉你？”他说完这句话就把手中的鱼线抛进了湖中，留下汤妍一个人呆立在风中。她之所以这样问是按照以往经验，陶师傅不喜欢的人是绝对不会容许对方出现在自己视野范围内的，可偏偏待这周廷尧不同。

再说，他们现在也算站在一起的革命友情了吧，可这周廷尧的态度未免太恶劣。

汤妍被气得不轻，鱼也不钓了，挨在陶师傅边上陪他说话。

大概还不到五分钟，“哗啦”一声，一个鱼打挺，就见着周廷尧竟然钓上来一条又大又肥的草鱼。他不慌不忙的样子，愣是把钓鱼钓出了高深莫测的感觉。

汤妍似乎又听到了陶师傅哼了一声。

还未开口安慰，就被陶师傅拍了拍肩膀，他说：“丫头，你要是闲得慌就上那边说话去，再说话就把我的鱼全给吓跑了。”

汤妍：“……”

她不情不愿地又挪了回去。周廷尧看了她一眼，淡淡地说：“被嫌弃了？”

“还不是因为你，钓个鱼那么快是为了显摆吗？”

周廷尧并没有接她完全是无理取闹的话头，鱼自愿上钩是他的错吗？生来气质就这样，是他故作高深吗？他摇摇头便不再说话，只是把刚刚被踢倒在地的凳子再次放在自己身边，拂了拂上面的泥土示意她坐下。

这时，汤妍包里的手机突然收到一条短信，是宋晓柳让她接视频。

“老家的水土就是养人啊，你这回去一段时间越来越光彩照人了。”视频刚接上宋晓柳就笑着说道。

“你呢？玩得怎么样？”汤妍问。

说到这个，宋晓柳就开始滔滔不绝了，之所以发视频大概就是没有人可以吐槽。她现在在敦煌看石窟，说是那边天气恶劣，皮肤变得又糙又粗。

但汤妍还是看出来宋晓柳很开心的样子,应该和男朋友相处得不错。

闲聊的时候，汤妍无意中踢翻了旁边装鱼饵的小碗，她吓得猛地瑟缩了一下。

周廷尧说：“你就不能安分地坐着？”

手机视频里的宋晓柳激动了，连忙问：“谁啊，我怎么听着声音有点儿耳熟？”

汤妍想翻白眼。

她说：“周廷尧。”

另一端的宋晓柳先是愣了半天，然后才试探着问：“隔壁的那家伙？”

见着汤妍点头之后，宋晓柳差点蹦起来。她似乎在酒店的房间里转了两圈，然后才一本正经地说：“汤妍，现在听我的赶快跑。他追着你居然去了老家，而且你现在还在外面，是最危险的。”

汤妍很无奈：“六姐，人就在我旁边，而且我没戴耳机。”

所以，你不觉得这样的对话听起来很白痴吗？

宋晓柳显然没有这样的觉悟，就在这个时候旁边的周廷尧突然插话，他说：“原来智商会传染这种事情是真的。”

汤妍怕宋晓柳爆发连忙捂住听筒去瞪周廷尧，最后才对着宋晓柳说：“六姐，我现在开着流量和你聊呢，快欠费了，我回去给你打电话啊。”

说完快速掐断了视频。

也不知是不是先前太闹的原因，直到陶师傅快要离开的时候，周廷尧的桶里还是只有最开始钓的那一条鱼。

陶师傅似乎心里舒服了，提着桶里的三条鱼走的时候虽然还是一言不发，但明显多看了周廷尧两眼。

周廷尧便把鱼桶塞到汤妍的手里说：“红烧还是清蒸，你自己决定吧。”

“为什么你自己不要？”

周廷尧白了汤妍一眼：“我有锅吗？”

汤妍握紧手中的桶，嘀咕一句：“有锅你也不会弄，你除了会设计个珠宝还有什么用？”把当初他说过的话，原封不动地还给他。

三个星期过去，枫原镇开始进入夏季。

街道两旁许多人家栽种的太阳花和大片三角梅都开始盛放。周廷尧每个周五会准时准点地和陶师傅一起钓鱼，也不管对方是什么态度。

汤妍钓鱼技术不行，有时候实在等得无聊了，会随手在路边扯一把过路黄编织成花环。太阳灼人的下午，会动手摘下大片荷叶，撑在头顶一边遮阳一边打盹。

时间悄然溜走，而周廷尧依然不慌不忙。

那日下午，夏季的雷雨来得有些令人猝不及防。

明明前一刻还风和日丽晴空万里，下一刻就乌云压顶。起先是几滴豆大的雨点砸在湖面上荡起层层水纹，汤妍抹了抹额头的雨滴，苦着脸说：“不是吧。”

这么不巧，以往总是带伞的她偏偏今天没带。

“你的不靠谱也不是一回两回了，先带上东西找地方躲雨吧。”周廷尧一边快速地收拾东西，一边也没忘损她两句。

因为路途不算太远，并没有人开着车来。

最后还是陶师傅带着两人找到了一个荷花池中间修建的亭子，上面还题了个颇为雅致且符合此刻意境的名字，叫听雨轩。

沉默着走在最后的年轻男人提着大包小包，身上的白T恤已经被雨水浇透，半透明地贴在精瘦的身上。汤妍扶着陶师傅先一步进了亭子，只用余光看了一眼周廷尧。

陶师傅对着正在放东西的周廷尧说：“别指望这么献殷勤我就会理你。”

像个老小孩。

汤妍有些同情周廷尧，也不知他是做过什么亏心事。汤妍抹了抹被雨水打湿的头发，坐到陶师傅的旁边说：“对，陶师傅，别理他。”

这下陶师傅倒是笑了。他说：“你这丫头别以为我不知道，这么长时间你跟着这小子跑上跑下是为了什么？”

汤妍顿时被问得有些哑口无言，然后又有一瞬间莫名的心慌。

她去看周廷尧，然后一下子撞进了他的眼神里。

墨黑的、沉沉的，仿佛平静的背后有着风起云涌的某些情绪。汤妍有些恍然，她能清晰看见他的睫毛，能听见他轻喘的呼吸。时间变得缓慢凝滞，有透明的水珠沿着他额前那绺黑发缓缓滴落。

滴答，细微如尘的回音惊起一地兵荒马乱。

陶师傅轻轻咳了一声，两人的视线瞬间交错。

汤妍微微紧握自己的双手，感受到掌心的濡湿和胸口的强烈跳动。她听见陶师傅说："行了，都这么多天了。说说你跑这么远来找我干什么？"

周廷尧这才从汤妍身上收回视线。

他压了压心头突如其来的情绪，神色快速平复，回答陶师傅说："父亲一直很希望您能回去。"

"周定安？他要请我不会自己来吗？你回去告诉他，不用白费心思了，枫原镇现在就是我的家，我哪儿也不去。"

按说这陶师傅认识周廷尧的父亲，又是银匠师傅，估计是和周家有什么渊源。

汤妍原本想说自己要不要避开，但看着亭檐如同珠帘般的雨珠又开始进退两难。陶师傅可不管那么多，反而突然对着汤妍说："丫头，我可警告你。周家没有一个好东西，你以后不要和这小子牵扯不清知道吗？”

汤妍睁大了眼睛，然后就听见了周廷尧颇为无奈的声音：“师伯。”

汤妍：“……”

陶师傅师承周廷尧的爷爷，和周廷尧的父亲是师兄弟关系。

作为周爷爷最得意的徒弟，陶师傅甚至比周定安这个亲儿子更受喜爱，银雕造诣更是出类拔萃。国内的艺术品形式多样化，有十字绣、布雕、汴绣等多种技巧创作的作品。而唯有银雕，是这对师兄弟立志传承的东西。

皆是天之骄子，技艺切磋来往，何等少年意气。

可谁能料想，二十几年后的今天，这陶师傅却对着师弟的儿子，指着他的鼻子说：“你能不能有点儿出息？你老子说什么就是什么，你是欠他的还是该他的啊？”

周廷尧沉默着不曾说话。

半个小时不到，大雨骤停。

大朵乌云缓慢散开，微风拂起，空气中都是雨水混杂着泥土的气息。

陶师傅似乎气消了些，拍了拍身上的衣服，站起来走到周廷尧的身边问他：“你什么时候回去？”

“您什么时候启程，我就什么时候回去。”

陶师傅一巴掌拍上周廷尧的脑袋骂：“混账玩意儿！”骂完又沉默地看着身边这个高大的青年，最终叹息一声，“回去也不是不可以，如果你能做到我对你的要求，我就跟你回去。”

周廷尧缓缓点头说：“好。”

汤妍从两人交流开始就一直不曾说过话，直到听到周廷尧这声好。简简单单的一个音节，她却在陶师傅的眼中看到了难以诉说的复杂，听出了这个字里仿佛千斤的沉重。

陶师傅明明都没说什么要求，但他似乎早已经了然。

回程的路途，汤妍和周廷尧并肩走在后面。

她用手肘碰了碰周廷尧，他便偏过头看她。那双平常总是散漫的眼睛有点如梦初醒的茫然，看得汤妍微微愣了两秒。

她明明是想问陶师傅当初为什么要离开周家来枫原镇定居，但是话到了嘴边却变成：“陶师傅提的到底是什么要求啊？很难吗？”

周廷尧随意摇头，对上汤妍的眼睛又变成点了点头。

汤妍真的不高，穿着平底鞋也只能勉强够到他下巴的位置，半干的黑发还有几绺贴在白生生的脸颊。眼睛很亮，不自觉轻抿的嘴角有点儿认真的严肃。

周廷尧突然觉得有几分好笑，便回道："嗯，很难。"

眼看着女孩子的眉头皱在了一起，她说："总之不会是什么刀山火海吧，你又不是拜师学艺。做不到的话，不能跑路吗？"

跑路？周廷尧被她的说法逗笑，突然伸手捏了捏她的下巴说："汤圆儿，所以你打算和我一起跑吗？"

汤妍这才反应过来被耍了，瞪了一眼笑得露出白牙的人。

来枫原镇这个地方时隔大半个月，周廷尧才第一次真正意义上走进了陶师傅的银匠铺。

前厅的陈设非常简洁和整齐，各种花样大小不一的银器或摆放在玻璃柜中，或陈设在深色格子木柜上，无一不是精工巧匠所打造的成品。

陶师傅回来就进了里屋。

"陶师傅并非好名利之人，能在这个地方做喜欢的事情也挺好的，你们让陶师傅回去是有什么重要的事情吗？"汤妍小心翼翼一一扫过面前陈列的银器，顺便问站在中间没有动作的周廷尧。

“当年我父亲和师伯有一个共同制作的大型展品，耗时三年也只完成了三分之二，这一直是父亲的遗憾。加上现在手工技艺精湛的银匠师傅不多，父亲一直希望他能回去带带学生。”汤妍点点头表示懂了。这么多年按周家的能力，要完成一个作品并非难事，但意义终究不同，一个残品，等着一个人，便停滞了二十多年。

这大约是心有原则和信念的人，才能一直坚持的事吧。

就在这个时候，陶师傅出来了。

汤妍便说：“陶师傅，你们忙，我就先回去了。”好不容易见着了，有些事情和谈话她终究不适合参与。

“妍丫头，你留下！”是陶师傅。

他从后面走上前来，把白钢制的银雕刀、银皮、图案等所有银雕工具准备齐全，放到周廷尧面前说：“这个纹饰很简单，不论好坏，只要你做出来，你的要求我就答应。”

汤妍不知道为什么，有些紧张地去看周廷尧。他垂着眼看不出情绪，但是周身的沉默，让人莫名心慌。

他还是缓缓地走过去，在凳子上坐下，挽衣袖的动作很缓慢。每一步和每一个细小动作都有着异于平常的专注和认真，这一瞬间，他再也不是只在幕后创作的天才珠宝设计师，不是人前信手拈来，轻佻自信又时常暴躁的周廷尧。

方寸之间，周身有遗世独立的沉静和冰冷。

汤妍以为他能做到的，哪怕他是珠宝设计师，但自小耳濡目染。

可他失败了。

他似乎自拿起工具的那一瞬间开始就拼命压抑着某种情绪，汤妍甚至看着他好几次预备开始尝试，但双手却有难以察觉的颤抖。他的手背因为过于用力，青筋凸起，泛着青白的颜色。

“陶师傅？”汤妍有些紧张地去看身侧的老人。

陶师傅却做了个让她安静的手势，他就那样抱着手看着坐在桌边的年轻人，眼中也有挣扎和迟疑。

直到“咚”的一声。

是周廷尧放下了手中的刻刀，他闭了闭眼，喘着粗气。抬起头看陶师傅的眼睛里有点血丝，他按了按额头声音沙哑：“抱歉。”

陶师傅叹了口气说：“你啊。”然后又骂，“没出息！”

说完，他背着手晃悠悠地进去了。

汤妍在原地站了半分钟，看着周廷尧始终用手撑在桌子上闭着眼睛，还是走上前问："你还好吗？"

他这才抬起眼看她。

汤妍又问："看来你这测试没有办法过关了，所以……要跑吗？"

周廷尧缓缓勾起了嘴角，前一刻还如冰封的神色骤然间放松下来。他想，他似乎自认识她之后已经有很多次都被她以莫名其妙的方式治愈。一开始觉得莽撞又多事的人，会把陌生醉酒的人拖进家，会翻墙给生病的人煮粥又送药。

她总是被气得要跳脚的样子，却也始终以不曾改变的姿势出现在他的生活里。

就像此刻，她不问缘由却问他要不要一起跑？

汤妍惊奇地看着面前的人突然笑了起来，笑得令人炫目。她听见他缓缓启唇说："跑吗？你想把我拐到哪里去？"

汤妍都还没有反应过来，身后就传来陶师傅的声音。他说："妍丫头，女孩子怎么能这么不知羞？小心被你妈知道了，打断你的腿！"

汤妍："……"

她瞪大了眼睛去看周廷尧，最后只能气呼呼说一句："忘恩负义的小人！"

然后才遮着脸，躲着陶师傅的视线跑出去了。

汤妍走后，陶师傅恨铁不成钢地敲了敲桌子，对着笑容一直挂在嘴角的周廷尧说：“你还有脸笑？”然后指着身后的位置，“客栈就别去住了，从现在开始住在我这里吧。”

周廷尧敛了笑容，认真地问：“您决定回去了。”

“你都来了，我能不回去吗？”陶师傅瞪他，然后又说，“你当我今天还真打算让你雕出个花儿来啊，这么多年，你现在就算要学都已经晚了。但你看看你自己！过不去心里那道坎，连个工具都拿不起来，这么多年真是白长那么大！”

“您说的是……”

陶全水拍拍青年的肩膀，看着他又有一瞬间的欣慰。好在还平安长大，命运伸出的利刃就算割出无数伤口，他终究还是倔强地站着，以如今挺拔的姿势立于所有人面前。

伤疤会紧随一生，但何时能让创口愈合结痂，大概……是寻找到温暖和爱、微笑与阳光的那一刻开始。

陶师傅看着汤妍离去的方向这样想着。

晚饭的时候，汤妍坐在院子里问庆佩文：“妈，你知不知道陶师傅当初为什么来的枫原镇啊？”

庆佩文看了女儿一眼，不动声色地说：“我哪能知道，那个时候我好像都还没有和你爸结婚。”说完又状似不经意地问，“打听陶师傅做什么？和那个小尧有关？”

汤妍毫无防备地点点头说：“对啊。”

庆佩文无奈地摇摇头，用筷子的另一头敲了自家闺女的脑袋。

“你喜欢他？”庆佩文问，甚至有些笃定。

汤妍差点从凳子上掉下去，她先是看了母亲一眼，才用一种怀疑的声音说：“不能吧？那个人嘴巴又损又毒，脾气还不好。还有啊，他对女孩子很凶，还总是招蜂引蝶，我……我怎么可能……”

汤妍的声音越说越小，最后在庆佩文了然的眼神里直接消了音。

她试探着问：“妈，什么样的感觉是喜欢一个人呢？”

庆佩文叹了口气，说：“喜欢一个人的感觉那就得问你自己的心了。但是，妍妍，妈妈希望的是你以后能够不用担惊受怕，起码找一个能够相互珍重体谅的人。你能明白吗？那个周先生他家境应该不错吧？”

汤妍低下头：“妈，你想得也太多了。”

她自己这儿都还没有理清楚呢，结果直接上升到门第差距了。

庆佩文看着在自己面前没心没肺的女儿，最后还是宠爱地笑笑没有再继续往下说。

陶师傅要跟着周廷尧离开的消息，基本大半个枫原镇的人都知道。

一个在镇上生活了二十多年的人举家搬迁，居然有不少人来向汤妍打听，问：“那个周廷尧究竟是陶师傅什么人啊？”

汤妍说她哪里知道，就有人惊讶：“他不是你男朋友吗？你怎么会不知道？”

汤妍：“……”

也有人打听到陶师傅本人那里，他一开始直接把人往外面轰，被问得烦了，就说周廷尧算他半个儿子。

这下有人坐不住，居然开始给周廷尧介绍对象。

介绍人是这么跟陶师傅说的：“您那个儿子长得那叫一个俊啊，打从来的那天开始镇上多少姑娘关注着。人汤家姑娘说了，那根本就不是她男朋友。您也算看着镇上的这一辈人长大，哪个姑娘拎出来不是水灵漂亮，亏不了您儿子！”

外面热火朝天争论着的时候，汤妍就躲在陶师傅家的门后。

看了半天平白生出一肚子的闷气来，她回头去看周廷尧。他倒是一副事不关己的态度，正坐在案桌后面的椅子上，手中拿着一个砚台看得很认真的样子。

“作为主角，你确定不出去看看？”汤妍问他。

周廷尧这才抬起头来看她。

看着汤妍的眼睛像深潭一样触不到底，不过嘴角却荡起浅浅的笑意。他站起身绕了过来，像平常一样故意挑着眉问她：“你当初要是直接承认自己是我女朋友，现在就不会有这些麻烦事了，不是吗？”

汤妍觉得气氛怪怪的，莫名又有点脸颊发热。

汤妍故作镇定地看他一眼：“你马上就要走的人了，还想败坏我声誉？”

额头突然传来温热的触感，是周廷尧拇指的温度。

他就着按在她额头的这个姿势，微微弯腰看着汤妍的眼睛说：“皱得跟个小老太太似的，难道不是舍不得我？”

听到这话后，汤妍啪地给了他手背一巴掌，冲他哼了一声：“你倒是会往自己脸上贴金。”

周廷尧带着陶师傅离开的那天是在清晨，街巷里的雾气还没有散尽，很多习惯性早起的人一大早就聚在银匠铺前面。反倒是陶师傅本人有些不习惯这样的离别场景，但也没虎着脸赶人。

周廷尧和刘小东一起在搬行李。

陶师傅突然把汤妍叫到身边，看着上上下下忙碌的周廷尧对着汤妍说：“丫头，听说你和那小子住得很近啊，回去工作后他要是欺负你，以后可以来找我这个老头子。”

汤妍犹豫着点头：“好的，谢谢陶师傅。”

搬着个木箱子的刘小东正好经过，一脸好奇地凑上前来问：“小汤圆谁欺负你啊，我帮你揍他。”

汤妍眼睛一转，看到了正搬着箱子从里边往外走的周廷尧，便狡黠地笑了一下，指着他说：“嗯，就是他。”

刘小东对上周廷尧的眼睛，立马尴尬地朝汤妍摆手，连连往后倒退了几步。按说这么多年，来见陶师傅大大小小的人物也有不少，可他偏偏有些怵这个周廷尧。

非要形容的话，就是探不到底。

就像这个世界有小汤圆一般让人一眼望到底的澄澈，自然也有周廷尧这般有千万面的复杂，偶尔温和，间或暴躁，你可以看见他身处人群的自如和耀眼，也会偶然发现他独处时的疏离和淡漠。

短短几天，连刘小东都知道，这小汤圆怎么可能是周廷尧的对手。

就像此刻周廷尧穿着白上衣，浅咖色的裤子挽至脚踝，利落地把手中的箱子放进车后备厢，然后才走到汤妍的跟前似笑非笑地说："我欺负你？"

他边说边抬手朝汤妍的脸颊伸了过来。

汤妍睁着眼睛，上半身一点一点往后缩。

周廷尧的胸腔里突然发出两声闷笑，汤妍像只惊慌的兔子一样的表情逗笑了他。他随手弹了一下汤妍的额头，说："汤圆儿，你……"

蠢得确实挺想让人欺负的。

汤妍不明所以地看着他，不清楚他话说一半，然后还摇头是几个意思。

汽车穿过薄雾，消失在巷尾。

初夏的清晨，微风夹着一丝清凉吹进弄堂，撩起了汤妍颊边的两绺发丝。

她怔怔站着，不太清楚心中空空荡荡的失落感，是否就是母亲庆佩文所说的喜欢一个人的感觉。

怅然若失，像微雨润物般悄然入心。

第五章

DIWUZHANG

我把自己赔偿给你

汤妍假期结束得比预期当中要早了小半个月。

那个时候宋晓柳还在西藏和男朋友喝着酥油茶，乔斯打来电话，说他的助理近段时间请假了，问汤妍能不能去帮忙。

她欣然答应。

庆佩文从昨天晚上就开始给她收拾行李，各种土特产和自己做的衣服，吃的用的装了整整两个大箱子。汤妍站在房间里有些欲哭无泪：“妈，这么多东西我也吃不了啊，再说这么重我也没有办法拿。”

“又不用你一直拖着，上了火车不就好了。再说，这些东西你在外面也吃不着，你要是不带走，下次再在电话里说想吃什么我可不给你寄。”

汤妍：“……”

晚上和母亲一起睡，汤妍抱着庆佩文撒娇：“妈，你真的不去和我一起住吗？你一个人在家不无聊啊？”

“我和你们年轻人合不来，何况枫原镇我都住了这么多年了，不想离开。”

汤妍嘟嘴。

庆佩文拍了拍女儿的头，只希望汤妍能像她父亲所期盼的那样，平安长大，生活能够简单和幸福。

第二天，庆佩文亲自送她去了火车站。

还是老式的绿皮火车。在日新月异的时代，这样的交通工具看起来颇有年代感，就像母亲日渐苍老的容颜和不经意间冒出的白发。汤妍趴在车窗边，冲着庆佩文挥手。

也不知怎的，微微红了眼睛。

或许是这次归家，她和庆佩文的谈话突然涉及情感和婚嫁，让她突然意识到自己大了，以后更是鲜有时间陪陪母亲。

火车缓缓开动，直至看不见站台上母亲的脸。

汤妍缩回了身子，对面的座位上坐了一对大学生模样的小情侣，男生看她的神情体贴地递过来一张纸巾。汤妍微愣，接过之后低声说了句谢谢。

男生的小女朋友估计是吃醋了，拍了一下男生的胳膊嘟囔："我饿了。"

男孩子宠溺地笑笑，认命地站起来去给她找吃的。

不到五分钟他拿回来一桶已经泡好的方便面，放到女朋友面前还体贴地说："少吃一点，这东西不易消化。"

"你暖得都快成中央空调了，管我干什么？"

气氛有点儿尴尬，男生不好意思地冲汤妍笑笑说："抱歉啊，她前两天生病了，脾气不太好。"

汤妍笑着摆手，突然又有点儿羡慕。

小女生好哄，吃了东西就开始兴致勃勃地跟汤妍搭话，她问："你也是去上学吗？你读哪个学校？"

汤妍有些哭笑不得，说："我都工作好久了，比你俩估计都要大两三岁。"

女孩子大概对自己刚刚的态度感到抱歉，糗了糗说："你看起来真的挺小的，皮肤白，说是个刚上大学的学生也不会有人怀疑。"

汤妍便笑笑，她知道自己的脸有点婴儿肥，但莫名成了人家情感的调味剂也是很无奈。

就在这个时候兜里的手机响了。

居然是周廷尧发来的信息。对于一个连电话都懒得接的人会发短信这件事，汤妍表示有点震惊。短信内容没什么复杂的内容，就简简单单的几个字：你在哪儿？

这是自他离开枫原镇之后，两人第一次联系。

汤妍回他：火车上，你有什么事吗？

这条短信在周廷尧的手机上发出"叮"的一声，旁边的陶师傅提醒他："回了，看看她说什么？"

周廷尧头疼地捏了捏额角，打开了短信。

看着她回复的信息，手指停在空白的聊天框里半天没有动作。陶师傅在旁边看得着急，拍了拍周廷尧的背说："说啊，告诉她你要搬回家里住这件事有这么难吗？作了这么久邻居，你怎么连这点人情世故也不懂。"

周廷尧沉默了一瞬，边站起身拿起桌上的车钥匙，边说："我出去一趟。"

汤妍怎么也没有想到，周廷尧会来接她。

虽然抵不上春运，但火车站依旧人潮拥挤。汤妍拖着两个大行李箱下了火车，在出站口张望的时候，竟一眼看见了周廷尧。

因为身高优势，在汤妍看见他之前，他先一步发现了她。

直到他上前一言不发地拿过她手中的行李，汤妍才惊诧地问："你是专程来接我的？"

"不是，顺路而已。"

顺路？顺什么路？这里既不是什么市中心，她也不曾告诉过他到站的时间。汤妍狐疑地看向他，直到走到车边她才问："你不会一大早就在火车站等我了吧？"

周廷尧突然沉默了。

汤妍心下一跳——还真是啊，现在都已经快晚上了，他竟然等了一天？

周廷尧放好行李绕到了驾驶座，他一只手撑在车顶上，一只手放在车门上，对着汤妍掀了掀眼皮说："别想了，是你手机没信号，不是我的问题。”

汤妍立马掏出手机一看，飞行模式中。

尴尬了。汤妍连忙转身捂脸，顺便暗骂自己一句自作多情。

周廷尧当作没有看见她的小动作，上了车后提醒她：“系好安全带。”

十分钟之后，车子依然平静地行驶在宽阔的马路上，车内异常安静。和以往不同，这样的安静并没有让人觉得舒适，气氛反而越来越尴尬。

汤妍咳了咳，正在想是不是该说点什么打破这个局面。

“我决定搬走了。”周廷尧却先一步开口。

汤妍一时间没有反应过来，大约半分钟之后才把视线从周廷尧身上移开，缓了缓问：“搬家？去哪儿啊？”

“搬回去和我爸妈住。”这其实也是陶师傅回来之后，对他的唯一要求。

汤妍怔了怔，然后略微不自在地笑着说：“嗯，那挺好的啊。”

气氛更诡异了。

周廷尧平静地直视着路前方，思绪却飘出很远。他突然意识到，身边的姑娘，真的是能轻易影响他。

从初见他竟然会主动和一个人搭话，到现如今，搬家这件事他明明可以发一个短信或打一通电话告知，甚至是可以直接不说。但他还是来了车站，甚至傻傻地坚持等了一天。

面对面，他觉得，那样的郑重是如此理所当然。

“那你以后还会回来吗？”汤妍装作很平常一样问道。

周廷尧转头一眼望进了汤妍的眼睛，华灯初上，映得女孩子的眼神没有任何杂质，甚至能清晰看见自己的身影。

顿时心下漏跳了一拍，周廷尧转开视线，淡淡地说：“我签了三年的租房合同，何况……我也会担心有人会不会趁我不在家，翻墙就进去了。”

汤妍原本因为紧张绞在一起的手，顿时被捏出了道道青痕。

周廷尧还故意看她一眼，继续说：“别误会，我知道你年纪大了是翻不过去的。”

汤妍炸了：“你才年纪大了！刚刚在火车上还有人夸我像个大学生来着。”

原本挂着不易察觉的笑的周廷尧顿时抿了嘴角，声音淡了下来，开口说：“火车上鱼龙混杂，你那智商估计被人卖到山沟还以为别人夸你漂亮。”

“以后少随便和人搭话。”因为他最后这句话，汤妍放下了准备挠花他那张脸的爪子。

她把脸撇了过去，心中因为他要离开的那点情绪早已经烟消云散。

这一次，车子停在了汤妍的工作室楼下。周廷尧帮着把行李箱搬到了门口，正要说什么，从道路的另一头走来一个高大的身影，隔了几米远的距离冲她挥手道：“妍！”

“乔斯？你怎么在这儿？”汤妍惊讶地问。

乔斯走上前来，先是看了看汤妍旁边的周廷尧，才对着汤妍抱歉地耸肩道：“Sorry，把你叫回来本来该去接你，现在只来得及一起去吃顿晚餐接风洗尘了，不介意吧？”

“当然不会。”汤妍说。

乔斯这才把视线又移给了周廷尧，双方都在打量彼此。

汤妍给他们介绍：“我的邻居，周廷尧。这位是乔斯，是我的花艺老师兼朋友。”

周廷尧看了汤妍一眼，乔斯先伸出手：“周设计师，久仰，我们合作过。”

“你好。”

汤妍这才想起来当初她之所以接了周廷尧的珠宝展，就是乔斯牵的线，而且上次和周廷尧一伙人一起聚餐时也撞见过。她暗骂自己健忘，然后转头对周廷尧说：“今天谢谢你送我回来，替我向陶师傅问好。”

旁边的乔斯却接过话说：“妍，你这样麻烦别人该请人家吃顿饭的，周先生不介意的话，和我们一起用餐如何？”

先入为主，这乔斯的敌意周廷尧感受到了。

周廷尧随口答应了下来，惹得汤妍忍不住看了他好几眼。

乔斯去开车，周廷尧双手插在裤兜里站在汤妍身边。他看了看正无聊地低头踢着脚下小石子的汤妍说：“原来你提前回来的原因就是他？”

“自然。”汤妍头也没抬就答，“如果没有乔斯领进门，我根本就不可能走到今天这一步，乔斯给了我很多帮助。他遇到了困难，我怎么能袖手旁观？”

周廷尧嗤笑一声：“你倒是懂得知恩图报。”

汤妍奇怪地看了一眼周廷尧，这人从刚刚开始就一直阴阳怪气的。

她很想问他一句“周廷尧，你是不是也喜欢我才这么莫名其妙的”。

但想想还是算了，毕竟，周廷尧这个人本来就阴晴不定。她没有摸透过他，万一又自作多情岂不是得被他嘲笑死？

乔斯说去吃西餐，结果一行三人居然去吃了火锅。

饭桌上，乔斯拿出了东家的周到和绅士一直忙上忙下。而周廷尧闲闲地坐在座位上，看着正在往锅里下菜的汤妍说：“我不吃辣。”

汤妍顿住：“明明是你自己提议来吃火锅的。”虽然嘴上说着，但她还是认命地把菜倒进了清汤里。她总算知道上次珠宝展结束聚餐的时候，他为什么几乎都没有动筷了。但她不解，乔斯也不是能吃辣的人，可偏偏周廷尧也不知抽什么风，居然提议来吃火锅。

乔斯回来的时候，正见着汤妍把一片青菜夹到了周廷尧的碗里。

他看了两人一眼，然后不动声色地在旁边坐下。

正式开始吃的时候，也就汤妍吃得比较多。

另外两个人随意扯着一些无聊的话题，大多都和工作相关。

也不知谈到什么，乔斯突然转移视线对着汤妍说：“妍，你真的不考虑去伦敦进修吗？这次有一个很好的机会，你要不要试试？”

周廷尧手上动作一顿。

汤妍正低头吃着一片从锅里捞出来的莲藕，咽下去之后才有些愧疚地回答：“乔斯，我真的很感谢你一直给我机会，但是抱歉。”

“我知道你是觉得离家很远，如果你有顾虑，把你母亲带上也是个不错的选择。”

汤妍摇头：“我妈她不会离开老家的，我保证不会放弃花艺这份事业的，并且会一直不断学习。但是……出国确实不在我目前的计划范围内。”

乔斯有些遗憾地叹气，但还是理解地点点头。

汤妍原本还在疑惑乔斯为什么又突然提起出国这件事情，直到晚餐结束的时候他出去接了一通电话。

“再给我半个月时间……我很少遇到这么让我心动的女孩子，一旦我这次回到伦敦，几年的异国距离意味着我将永远只能站在朋友和老师的立场。”

那边不知说了什么，乔斯继续说：“还没和她坦白……我只是……不想放弃而已。”

不巧的是，那个时候结完账的汤妍和周廷尧就站在他身后。

宋晓柳回来的时候，带来了男朋友。

青年名叫徐正林，高高大大，大约是因为建筑设计时常在外的原因，肤色微黑。沉默寡言的沉稳模样，只有在说起宋晓柳的时候，脸颊会显出那么点微红。

工作室的所有人再叫上乔斯，大家一起吃了顿饭，算是认识。

饭桌上宋晓柳突然抱着徐正林的胳膊宣布说：“我们决定结婚了，就在今年年底。”

汤妍一瞬间张大了嘴巴。

后来，她悄悄拉着宋晓柳去卫生间，小声问宋晓柳：“六姐，你和他刚刚认识没多久，年底就决定结婚会不会太快了？”

“对的人，就算闪婚也会幸福；不对的人，老了也有离婚的，不是吗？这本来就是一场赌注，我不怕输，也愿意去赌。”

汤妍相当佩服宋晓柳的勇气，再想想刚刚两人相处的样子，想来这大约真的就是遇对了人。

在卫生间的洗手池边，宋晓柳边洗手边问汤妍：“你呢？”

汤妍一脸茫然。

宋晓柳用手肘碰了一下汤妍的腰说：“刚刚我可听说乔斯就要回伦敦了，这么好的优质青年你为什么就不懂得抓住呢？他脾气好又喜欢你，你到底是怎么想的？”

汤妍咬咬唇：“六姐，你愿意赌是因为你们相互喜欢。但是你对一个人没有感觉就是没有感觉，乔斯是很好，但让你嫁给自己的哥哥或老师你愿意？”

宋晓柳关了水龙头，转身靠在洗手池边，很郑重地问她：“你老实告诉我，你是不是真的喜欢那个周廷尧？”

宋晓柳一直坚定地认为是周廷尧尾随着汤妍去了枫原镇。

汤妍同样看着宋晓柳的眼睛，她没有任何掩饰或者辩解，而是说：“嗯，我……大概是喜欢上他了吧。”

她没有办法为自己开脱，因为她每个夜晚都会看着对面再也没有亮起的灯光，每个清晨看着对面的天台，就连在繁忙的工作中，脑海中也会时不时浮现出那个人的脸。

沉默的、生气的、调笑的、认真的，每一个表情都如此生动和清晰。

宋晓柳戳她的脑袋：“你还真是没救了。我可提醒你，就在你放假后的没几天，有个女孩子成天在周廷尧的房子外面敲门。他究竟是什么样的人，你可得擦亮眼睛。”

汤妍一瞬间就猜到了，估计是苏朵。

她的情绪又突然间低落下来。

第二天，汤妍和宋晓柳站在工作室门口，看着好几个工作人员进进出出忙活了大半天。

宋晓柳扯着汤妍的胳膊，睁大眼睛问：“什么情况啊？”

汤妍也很蒙，她看着一盆盆文竹、吊兰等各种花卉摆满了工作室，更令人崩溃的是，其中有丽格海棠和绿绒蒿这种花卉界出了名难养的花。尤其是绿绒蒿，常年生长在滇藏地区，不耐热，对栽培土壤、温度和阳光都有非常高的要求。

汤妍抓住其中一个人问：“你们是不是找错地方了，我们工作室近期并没有订购这些。”

那个人回答：“不会，我们都是经过再三确认的。哦，对了，订购这些的人还让我带句话，这些花只需要放在这里照料半个月，时间一到就会搬走的。”

半个月？汤妍敏感地抓住了什么。

“他是不是叫周廷尧？”

工作人员笑了一下：“这个我们不太清楚，不过高高大大，长得挺帅的。”

宋晓柳围着一大堆花团锦簇的盆栽绕了一圈，其中甚至有几种连她都叫不出名字。她抬头看着汤妍，一脸意料之中地说："我看这周廷尧是抓住了你的弱点，知道你作为花艺痴迷者是绝对不会放任这些花不管的。"

汤妍那叫一个生气，他这干的都是什么事？就算她有三头六臂，就算她把一天所有时间都耗在这上面，也不敢保证能全部养活这些。

给周廷尧打电话。

"您老倒是闲得慌，你这么有本事怎么不送一盆帝王花给我？"

"帝王花啊，那可是南非的国花，你如果需要我也可以给你运来。"周廷尧似乎一早就预料到她会打电话来，所以淡定且对答如流。

"你资料查得还挺全，能别这么无聊吗？"

周廷尧当没听见，只说："放心，半个月之后我会叫人弄走的，这段时间你就多用点心。如果你要是因为去见某些人而耽误了的话，自己赔。"

然后果断地挂了电话。

而汤妍听着听筒里的嘟嘟声，再看还没有搬完的盆栽险些抓狂。

也正是因为这个缘故，乔斯好几次约她都没有成功。

工作上除了非得她亲自动手的事情，她都找人顶替了。虽然对于周廷尧这么匪夷所思的恶劣行径感到生气，但也无疑给了她一个躲开乔斯的借口。

既然没有办法接受，那就装作什么也没听到。

乔斯最终要离开的时候，汤妍去送机了。他抱了抱她说："妍，很遗憾你不能跟我一起走，但是如果你某一天想通了可以随时过来，期待下次见面。"

……

乔斯虽然离开，但是他手中的很多业务资源都给了汤妍的工作室，加上有口碑在，一时间找上汤妍的人还有点多。

几天后，周廷尧本人没有出现，但的确找人撤走了那些花，还留了几盆稀有的适合做鲜切花和干花的品种，不枉汤妍尽心尽力照料了半个月。

一周后，宋晓柳接了一个星级酒店的开业项目。

对接的人要求汤妍先出一份手绘图，现在在这样的大型空间花艺设计中也算很常见，汤妍尽心尽力地绘好图，对方也很快表达了合作愿意。

酒店本身是个公共场合，也是给客人第一印象的重要地方，需要兼顾的因素有很多，风貌、经济水准，乃至外观、内部结构等。而前来入住的人有各自的文化，如意大利人忌讳菊花，日本人忌讳荷花，英国人不喜爱白花，所以，酒店大堂的插花作品不能使用易产生误会的花材和造型，包括花器的样式、图案等，都应尽可能地使插花作品让所有的人感受到舒心满意。

汤妍在酒店大堂的石柱上设计了攀援而上的藤条，紫色牵牛的柔媚与坚硬朴实的石柱形成了鲜明的对比。底下的向日葵开得奔放热烈，搭配艳丽的火鹤令整个大厅充满野趣，让久居都市的人感受到田野的气息。

垂地的缎面桌，透明立柱中的镂空小球无一不体现了设计者的缜密心思。

这个设计无疑是成功的，参加酒店开业仪式的人很多，汤妍甚至见到了好几个二三线的小艺人。

但汤妍没想到竟会遇见周廷尧。

人与人之间的相遇和缘分总是说不清楚的，就像此刻，站在大厅一角的汤妍一眼就看到了场地中央的周廷尧。

他西装革履，是汤妍未曾见过的正式模样。

他正仰头看着汤妍的花艺作品，像是在离开汤妍的这一小段时间收敛了身上所有的轻浮气息，突然稳重老成起来。

她甚至看见他身边不时围上来几个穿着礼服的女孩子，但都被他一一打发。

银雕世家、顶级珠宝设计师，汤妍在这一瞬间才有些明白庆佩文担心的所谓门第差距。那么直观，二十米不到的距离，她与他中间岂止隔了那么几个来来往往的行人。

她正待收回视线，却一下子和周廷尧的眼神撞在了一起。

她甚至都还来不及闪躲，就见周廷尧突然笑了一下。

他缓缓朝汤妍走了过来。

在汤妍面前站定，他微微弯下腰轻声说："你再这么盯着我，周围的人恐怕会以为你对我有所企图。"

汤妍连忙倒退两步，她想，稳重老成什么的都是假象吧，这个人的嘴总是如此毒舌。

周廷尧自刚刚见着大堂的花艺设计时，第一个想到的人就是汤妍。每一个花艺师都有自己独特的风格和见解，而汤妍的设计就像她本人，让人很……赏心悦目。

她今天或许是为了配合这样的场合，还特地穿了件黑色小西装，扎着马尾还化了淡妆，看起来多了几分精干的感觉。

大厅的中央突然传来了吵闹声。

汤妍和周廷尧对视一眼，一起走过去。

刚挤上前，就见一个中年男子红着眼愤怒地说着什么。下一秒，他一掌推向面前和他争执的男子，男子站立不稳往后倒，只听“哐啷”一声后，桌上叠起来有半人高的酒杯一下子就冲汤妍他们这边倒了下来。

就在这短短一秒的时间，周廷尧一个侧身以半抱的姿势迅速挡在了汤妍的面前。

酒杯砸在他身上和地上，噼里啪啦好一阵响动。

汤妍都还没能回过神，就被一股大力猛地扯离了周廷尧的怀抱。

“尧尧，你没事吧？”直到这声担忧的女声响起，汤妍才看清楚拉自己胳膊的人是一位中年妇女，她保养得很好，拿着皮包，一脸担心地拂着周廷尧身上的酒水。

“没事。”周廷尧阻止了妇女的动作。

这下她立马环顾了一圈，然后将视线定在了汤妍的身上，皱着眉说：“究竟怎么回事？”

一位责任人连忙跑出来说：“周太太，抱歉抱歉，是我们这边的失误。刚刚有两位先生发生口角，这才误伤了令公子和这位小姐。”

葛凤淑这才看向自家儿子，按照以往经验，她以为又是儿子不知哪里招惹的两个女孩子为了他争风吃醋，还在这样的场合里闹。

她看着汤妍问周廷尧：“你认识？”

周廷尧点了点头。

葛凤淑又打量了汤妍好几眼，这才收回视线对着周廷尧说：“去上面把衣服换了，今天早点回家，你爸有事和你说。”

“知道了。”

就在葛凤淑离开的时候，汤妍听见旁边有很多女孩子在议论。

“刚刚那女的是谁啊？周太太？哪个周太太？好有气势的感觉。”

“周定安你不知道吗？很有名的银雕大师。他这个太太据说更不简单，年轻时就是世家小姐，嫁过去之后这些年生意也是做得风生水起。这家酒店幕后的投资人据说就是她，典型的女强人。”

有人插话：“那……这个是她儿子吗？好帅。”

“那还用说，不过这种隐形富豪家庭的儿子，估计脾气也不太好，还风流。”

“对对对，刚刚就见好几个女生往他跟前凑，而且还现场来了一幕英雄救美。”

汤妍：“……”

一下子成了众人关注的焦点，汤妍有些不适应。她正悄悄往后挪，就听见旁边传来一句：“你去哪儿？跟上。”

汤妍这才见欲离开的周廷尧正回过头叫她。

她只好垂着头快速跟上去。

酒店的二楼，估计是一早便有人准备好了衣服。

周廷尧拎着其中一套女装递给汤妍说：“去把衣服换了。”

“不用，我没有弄湿。”这倒是真的，就周廷尧那身形，不论是酒杯还是酒水全砸他一个人身上了，她完全没有被溅到。

周廷尧打量了她一下，最终还是把衣服扔到了一边。

两个人就这样站着，过了半晌周廷尧才说：“你不出去是打算看着我换衣服吗？”说着还把手放在了西装的扣子上。

汤妍这才反应过来，捂了一下脸，便飞快地从房间退了出去。

靠在走廊的墙上，汤妍摸了摸微微发热的脸，心想她刚刚一定是疯了吧，才会出神得那么厉害。

就在汤妍自我懊恼的时候，走廊的另一端走来了一个人，正是周廷尧的母亲，刚刚离开不久的葛凤淑。而且她的身后还跟了两个穿着西装的酒店高层。

对于汤妍出现在自己儿子更衣室的门口这一点，她表现出了非常明显的不满。

她皱着眉说：“你怎么会出现在这儿？”

汤妍回答：“我……”

“不用说了。”葛凤淑打断她，“女孩子还是需要自重一些，让尧尧带你来这种场合就算了，还偷偷摸摸偷看我儿子换衣服，你……”

汤妍正想说冤枉来着，葛凤淑身后的其中一个人替她说话了：“太太，这位是汤妍，是酒店请来的花艺设计师，她最初画的设计图还是您亲自批的。”

葛凤淑这才住了口没再说什么，看来对于她的工作成果还是比较满意的。

就在这个时候，背后的门“咔嗒”一声开了，周廷尧手上还拿着外套，领口的两颗扣子也还没有系上，能清晰看见他好看的锁骨。

他一边整理着袖口一边问：“妈，您不是离开了吗？”

葛凤淑在自己儿子和汤妍身上来回瞟了几眼，没瞧出什么端倪，只得说：“我还有点事要处理，你先自己回去吧。”随后带着人匆匆忙忙地去工作了。

“我妈没有为难你吧？”周廷尧问汤妍。

汤妍便微微吐了吐舌头说：“你妈真的挺可怕的，你上次摔电话就是因为你妈打的电话吧？你在她手底下长成这样，我也就不奇怪了。”

周廷尧难得地被噎得无话可说，他穿上外套说：“还好，不过你要是还这么嘴欠，我会让你知道我比我妈更可怕。”

越来越幼稚了！汤妍送了他一个大白眼。

两人并肩下楼。

周廷尧问她：“刚刚是不是被吓得一句话也没敢说？”

汤妍自然不可能承认，鼓着脸说：“我又没做亏心事，她居然怀疑我偷看你换衣服，我像是这么猥琐的人吗？”

周廷尧失笑，然后又有一瞬间的出神。

葛凤淑究竟是怎样一个人他比谁都清楚，他也一度觉得很可悲，甚至闹得和家里决裂的地步。但就在刚刚，因为身边的这个人，第一次发现他和家人的相处突然变得简单且随意起来，不是应付，更不是故作顺从。

但是，汤妍发现，虽然这个项目结束了，但是有些事情却远远没有结束。

工作中的麻烦事一件接着一件，她很快明白过来，是有人故意刁难。直到有一个不算大的合作项目经理透露说：“上面有人说了，以后只要是你们工作室接的项目，一概需要严格要求。”

汤妍思考了半天，她能接触到的大人物本就没有几个，更别说得罪人。

想来想去就只剩下一个，葛凤淑。

想明白这一点的汤妍顿时就有些气闷，她和周廷尧明明什么关系都没有，她就已经开始被他的母亲为难了。

“我要告状。”这是在打通周廷尧电话后，汤妍说的第一句话。

而另一边的周廷尧捂着话筒硬是笑得眉眼盛开，他甚至都能想象姑娘蹙着眉，一脸生气的模样。旁边的陶师傅敲了敲桌面提醒：“小子，该你了，傻笑干什么？”

桌面上楚河汉界，棋局渐成胶着之势。

周廷尧摆摆手，示意正从屋里出来的父亲来顶替他。

周定安端着茶具，一边坐下一边问陶师傅："廷尧这是干什么去，一个电话还非得出去接？"

陶师傅一副了然的神色摸了摸下巴，哈哈笑了两声说："应该是个小姑娘吧，出去接估计是怕你这个老头子吓到人家。"

离开了院子，周廷尧靠在廊前的木柱上才问："准奏！说吧，你要告什么状？"

"我打算去找你妈妈理论，想来还是该知会你一声。你知道她的刁难究竟有多么无厘头吗？有客户让我找这个季节根本不可能有的花材，不清楚报价还一通瞎指挥……唉，反正各种奇葩要求，我说周廷尧，你还不是我男朋友呢！"

你都不是我男朋友呢！我凭什么这么让人欺负啊？

她语气里的那点委屈和抱怨，周廷尧听得分明，那双看着屋檐的眼睛渐渐柔和下来，他低声哄："那你想要怎么办？"

汤妍一听他这语气，气得想立刻挂电话。

周廷尧接着说："去吧，我把地址告诉你，出了事我给你兜着。"

这下汤妍是真生气了，一句话都没有说就挂断了电话。

周廷尧看着黑下来的屏幕微微失笑，还去理论呢？就她那口才，在葛凤淑面前根本就不够看。

还是打了电话。

“听说你找汤妍麻烦了？”他开门见山。

葛凤淑明显很忙，电话的另一端还传来翻阅文件的声音。她根本没当他的提问是回事，随口就说：“我还不是为你好，你看看这样的女孩子，转头就知道告状。”

周廷尧的脸色暗了下来，声音也沉沉的：“妈，这样的手段用一次就够了。我选择回家，不代表您可以随便插手我的事情。”

葛凤淑应该是停了手上的动作，沉默了半晌才说：“尧尧，你应该清楚当初那个女孩子根本不是我逼走的。我知道你们还有联系，如果你答应妈妈不和她往来，我绝对不会再为难那个叫汤妍的女孩子。”

周廷尧随手就挂了电话。

苏朵是他当初离开家的导火索，但是他更清楚，他与家人的隔阂像是冰山一样难以打破，那是根深蒂固印在他们每一个人心上的一道疤。

但是周廷尧失算了，汤妍真的去找了葛凤淑。

不止是她，宋晓柳这段时间也被她的麻烦事给拖累了。汤妍的性子终究还是有些执拗，她认为对的，就会无畏地往前。

孤身闯进那栋大楼的时候，汤妍有种英勇的自豪感。

直到和周廷尧的母亲面对面。

汤妍说："今天来就是找您说清楚的，我和周廷尧根本就不是情侣关系，您找麻烦真的找错人了。"

葛凤淑阅人无数，反而有点欣赏这样透彻不复杂的人，简单到不需要任何揣测和怀疑，因为她脸上的情绪永远比语言先一步让人看见。

好比，她看着廷尧的那双眼睛。

只是可惜了，背景过于普通。

葛凤淑双手交握放在办公桌上，点头："我知道你们不是。"

汤妍："……"知道不是还找麻烦，难道是对上次误会汤妍偷看她儿子换衣服耿耿于怀?

葛凤淑坐在办公桌后面，看够了汤妍脸上变了又变的神色才说："认识苏朵吗？"

汤妍点头，见过两面，因为周廷尧的反应一直对那个女孩子印象深刻。

葛凤淑便说：“这段时间不是刻意找你麻烦，只是试探试探你的能力。我可以不阻止你和我儿子的事情，但你得想办法让这个苏朵彻底从廷尧的生活里消失。”

汤妍心里一惊，彻底消失？听着像是要杀人灭口一样的感觉。她再没有脑子也知道这叫缓兵之计，现在先利用她逼走苏朵。如若她有一天真的和周廷尧在一起了，她估计会有同样的下场。

周廷尧那家伙根本就是遗传了他妈，同样的心思难测，沉默起来同样令人害怕。

汤妍坚决摇头，这么损的事情她怎么可能答应！她说：“阿姨，虽然不清楚周廷尧和苏朵之间的事情，但我也绝对不可能帮着您去针对谁。”

葛凤淑嗤笑：“不知天高地厚的丫头。”

结局令汤妍很意外，虽然最终没能达成协议，但是她发现跑这一趟还是有效果的，至少工作开始变得顺利，生活也恢复了以往的平静。

她不知道，其实根本就是葛凤淑不想和儿子再次闹僵，而决定再观望一段时间。

时间匆匆忙忙地过去，八月的秋老虎开始发威。

街道两旁的树枝上蝉鸣起伏不休，墙上爬满了斑驳的藤蔓还有大片爬山虎的绿叶。天气燥热难耐，走在街上有把人烤熟的趋势。

宋晓柳开始减肥，为了年底能穿上最心仪的婚纱。

某天晚上，汤妍洗完澡躺在床上刷手机，突然发现大学的班级群里有人在打听自己的电话和住址。

她正想是谁在找自己呢？

一个星期后，麻烦就跟来了。

杜飞。没错，就是和琼瑶阿姨那部经典的电视剧《情深深雨蒙蒙》里的杜飞同名。不过汤妍认识的杜飞和苏有朋所塑造的那个形象完全不同，他高高壮壮的，大学的时候打得一手好篮球，是不少女孩子在篮球场会呐喊的对象。

这都不是关键，关键的是，他是汤妍的初恋男友。

而且他们之间的恋情，仅仅维持了短短的一个月，因为汤妍的矜持，两人甚至只是牵了牵手，连吻都没有一个。

汤妍甚至怀疑过是不是自己太保守，才换来他那条莫名其妙的分手短信。

当初她还为此伤心过很久。

杜飞变了很多，那个穿着球衣在球场上肆意挥洒汗水的男孩子早已消失在岁月里，现在的他有了啤酒肚，西装革履无比正式地开着车停在汤妍的工作室门口的时候，汤妍差点没认出来。

关键是他还抱了一大束红玫瑰，估计是九十九朵吧。

他说："妍妍，好久不见。"

汤妍心下一抖，心想这究竟是唱的哪出啊？

宋晓柳在旁边幸灾乐祸，悄声对汤妍说："我说你今年是不是命犯桃花啊，只可惜从周廷尧到面前的这个，看起来没一个靠谱的。"

汤妍作势要打宋晓柳。

然后就听面前的杜飞说："妍妍，我知道我当初少不更事伤了你的心。但是好几年过去了，前不久翻看旧照片的时候才发现，我印象中最深刻的竟然还是你的样子。"

汤妍："……"

多年前的男朋友突然告白，彻底让汤妍蒙了。

他还在说："我都打听过了，你现在还没有结婚也没有男朋友，不知道你可不可以再给我一次机会？"

汤妍一脸呆滞，尴尬地应付："不好意思啊，我想我们是没有缘分了。"

说完她自己先酸了一下，不得不承认年少时的感情最是动人的，你喜欢一个男孩子的理由甚至能够简单到他某个奔跑的步伐，某个灌篮的跳跃。但是现在不说她都快记不住对方的脸，更何况物是人非这个词语也不是说说而已。

既然相遇的时间不对，大概是真的没有缘分。

然而杜飞却丝毫没有被打击到的样子，反而很乐观地说："不着急，我们慢慢来。今天能够再次见到你，我就很开心了。"

直到一个星期之后，汤妍终于被他所谓的慢慢来给弄崩溃了。

风雨无阻，杜飞每天都会来工作室报到。

这都不是最夸张的，关键是他开始给她送各种花，甚至偶尔还附上一张小卡片，上面写着一两句含蓄的告白。

他说："都说只有失去过才知道珍贵，你都不知道你如今活在花丛中的样子有多么令人怦然心动。"

如果不是曾经认识，汤妍甚至会怀疑遇到了变态。

她是花艺设计师啊！不说她一看到包装不够完美的花甚至生出一种想拆下来重新包装的冲动，关键是他对送花这件事，一点都没有浪漫的感觉好吗？

实在是，烦不胜烦。

最终打破这个局面的人是周廷尧。他来的那天正在下雨，连续好几日的高温天气终于缓了下来。他刚停下车，正好见着一个男的抱着一束郁金香递给汤妍。

两人正在门口的位置说着什么。

“汤圆儿！”他打开车窗叫了一声。忽略心中刚刚那一瞬间的异样，他毫不犹豫地喊出了熟悉的称谓。

汤妍惊讶地看着撑着伞从车上下来的人。

“妍妍，这是谁？”杜飞问。

妍妍？周廷尧心中冷笑两声。这短短不过几天时间，她身边竟然就围上了这么大一只苍蝇。他端着毫无破绽的笑容，右手搭在汤妍的肩膀上说：“我是她男朋友。”

杜飞一脸悲痛，说：“妍妍，我知道你可能不太喜欢我，但你就算拒绝又何必专程找一个不相干的人来演戏呢？”

他似乎自我感觉太良好，而周廷尧看着汤妍的眼神活脱脱写着：你究竟是什么眼光？

汤妍气结，这关她什么事？

杜飞想要来拉汤妍的手，被周廷尧先一步拍开。

周廷尧突然冷了脸："要说什么就一次性说完，不要动手动脚。"

杜飞的脸色难看起来，父母催婚催得急，在别人眼中自己怎么也算是有车有房一族，偶然间在同学群里看到一张汤妍现在的工作照，年少觉得清汤寡水的面容，如今看来却是意外让人顺眼和舒服，才萌生了想把人追回来的冲动。

这个冷眼搂住汤妍的男子他并不认识，对方身上的衣物看不出品牌但质地不凡，车是雷克萨斯的，低调的豪车，看气度绝非一般的普通人。

他有些不甘，也觉得脸上挂不住，便对着汤妍发泄："没看出来你也不过如此，嫌贫爱富贪慕虚荣。"

"你……"汤妍睁大眼睛张了张口，周廷尧替她接话了："就凭你这张嘴，这一辈子顶多也就这样了。"

周廷尧说话的语气一直都是淡淡的，但这种来自同性且对手的鄙视更容易戳到一个人的痛脚。

杜飞随手扔下手中的花，愤愤地几脚踩碎："汤妍，你迟早有一天会后悔的！"

把人轰走了，周廷尧才不咸不淡地低头对被自己搂在怀里的人说："你不是挺厉害的吗？这眼光怎么一次比一次差？需不需要给你配副眼镜？"

汤妍推开他："不用了，你也没比别人好到哪儿去。"

所以证明真的是她眼光差，才会看上你周廷尧。

周廷尧居然没有反驳她，反而说了一句："以后不要跟那个人来往了，一看就不是什么可靠的人。"

你以什么立场在说这句话呢？汤妍很想问他。

雨势渐大，落在石阶上溅起颗颗水珠。汤妍和周廷尧就这样面对面站在工作室的外面，谁也不曾说话。

她不问周廷尧今天为什么会来这儿，是回来拿东西，还是搬回来住？所谓暗恋，大概就是你在某一天彻底离开我的视线，就会被动结束的情感。那是自己走进去，没找到出口而被困住的爱情，同时又令人无可奈何。

就在此刻，汤妍感觉一股难受涌上心头，明明就在身侧的人却没办法靠近。

深吸了一口气，电光石火的一瞬，她决定结束这样胶着的局面。

她仰起头，看着面前的人说："周廷尧，我喜欢你。"

喜欢你，喜欢，你。这一刻风停雨落，连空气都变得凝滞。汤妍想，她有细水长流的耐心，也有迎接告白失败的勇气。就算摸不准周廷尧，起码能跟着自己的心去走。

喜欢就是喜欢，不喜欢就是不喜欢，哪有这么复杂呢？

周廷尧的剧烈心跳来得毫无预兆。

某种情感像潮水般突然涌来，令人窒息，同时也动人心魄。既定的轨迹里，是面前的这个女孩儿突然闯进了他的生活。她偶尔胆怯得像只受惊的兔子，偶尔又得意得像只嚣张的刺猬，在光怪陆离的世界，拥有自己的一方天地。

他曾为这个姑娘头疼不已，可又出乎意料地被她一次次吸引了注意力。直到这一刻，他突然问自己，该让她介入自己的人生吗？他自己都无法掌握的被黑暗包裹的人生。

心中风起云涌，但脸上情绪丝毫不露。

有一双手扯住了他的衣角，姑娘的眼中已经满是委屈：“周廷尧，我都说我喜欢你了，你就不能给我个反应吗？”

“嗯。”

“嗯是几个意思？我不管，好不容易有人跟我告白，然后就被你给搅和了，你得想办法补偿我。”她终于有了想要耍赖的趋势，嘴上抱怨着，但是那双紧紧抓着他衣角的手，泄露了她的紧张。

周廷尧扯下了她的手，反手紧紧握住。

看着她的眼睛他忽然明白，她永远都不是人群中最耀眼的那一个，却正是因为这样的纯然和平凡打动了他。那颗长久浸在苦涩和痛苦里的心，仿若得到救赎。

摩挲了两下她的掌心，常年的花艺工作让她的双手不够细腻，周廷尧看着她的眼睛笑：“那把我自己赔偿给你行不行？”

说出口的那一瞬间他在想，哪怕承认喜欢会让你变得不幸，让你的眼睛从此沾染尘埃，但我也始终希望你能离我更近一些。

让我止不住动心，除了花开，还有如此美丽的你。

第六章

DILIUZHANG

恋爱初阶段

汤妍始终不敢相信，她居然真的和周廷尧在一起了。

在一起就意味着我从此可以正式参与你的人生，意味着我所有的决定会多加一份思虑，同时，也意味着彼此的幸福和痛苦都希望能一起承担。

宋晓柳说汤妍根本就不了解周廷尧。

没错，她不了解他的生活方式，不了解他的人情往来，甚至不知道他是不是有朋友，又经历过多少段感情。

但情感自不经意间开始的时候，关于过去、家庭、陶师傅或者苏朵，那些和他有关的事情，如若他说，她就听着；他不说，那她就不会轻易去问。

宋晓柳骂她傻的时候，她说，如果我选择开始，那同时也会选择相信。

晚上的时候，汤妍躲在被窝里给周廷尧发短信。

“你睡了吗？”她像是刚刚情窦初开的少女，满怀心思等着一个人的回应。

很快手机振动起来，他直接给她打了电话。

“现在已经是晚上十二点了，怎么还没睡？”他的声音在夜里显得特别清晰，沿着听筒在耳边振动，有种和以往不同的感觉。

汤妍轻声说：“我感觉自己有点像在做梦，兴奋得睡不着。”

大约是被她的情绪感染，周廷尧低笑了两声：“我现在就在隔壁，你要是还是觉得不真实，需不需要再翻墙过来确认一下？”

明知他是故意的，汤妍还是默默红了脸。

周廷尧近期接了一个大客户的单子，说是家里不太方便工作，需要搬回来住上一段时间。

她下意识撩开窗帘一角，往熟悉的角度望过去。

就在这时，对面灯光霎时大盛。

周廷尧竟然把两层楼的所有灯全部打开了，他的声音响在耳边："看见了没，我就在你对面。"

这样的周廷尧，汤妍不曾感受过，却又有些小感动。

"你把灯全部打开是还不打算睡吗？"汤妍问。

"嗯，设计稿有些赶，今天晚上得加班，你早点儿睡。"

汤妍轻轻应了一声。

要挂断的时候，周廷尧低声说："汤圆儿……晚安。"

他似乎自初识以来从不曾叫过她的本名，第一次这样叫她的时候，她还为此生过闷气。但在今晚这个平静的夜里，从他口中吐出的这个称谓莫名多了几分亲昵，连心口处都传来微微悸动的心跳。

因为一句晚安就能安心睡着，连梦里都是飞絮杨柳，时光刚刚好。

第二天清晨，她是在阳光的照射下醒来的，汤妍裹着被子在床上滚了两圈，才翘着嘴角从床上爬起来。看了看手机，早上九点。

担心周廷尧在补眠，她便没有给他发信息。

叼着牙刷才去翻衣柜，正巧看见宋晓柳提着早餐上来了。汤妍很惊讶："今天不是说不来吗？"最近两天工作室不是特别忙，宋晓柳原本说今天要和徐正林出去约会的。

"别提了，他老板临时给他打电话，所以约会取消。"宋晓柳换了拖鞋进来，把手上的早餐放在了桌子上。

汤妍凑上去看了看，豆浆油条的香气很诱人，摸了摸饥肠辘辘的肚子，掀开袋子正准备拿豆浆。宋晓柳拍她，怪笑着："这可是某人大清早特地给你买的，你确定不先洗个手以示敬重？"

汤妍惊讶："你在哪儿碰见他的？"

"他清早应该是去跑步了，我见着他的时候他正拎着这些东西站在外面呢。"宋晓柳没说她见到周廷尧的时候还吓了一大跳。一个奇奇怪怪的脾气很臭的富二代，在谈上恋爱后居然也像个普通人一样大清早给女朋友送早餐，还徘徊着怕吵醒女朋友，真的吓死她了。

汤妍连忙走到窗边拉开窗帘，果然，他还在楼下。

心下一跳，汤妍慌忙穿上拖鞋往楼下跑，惹得宋晓柳在身后怪笑连连。

周廷尧穿着黑白色系的运动装低头看手机，身旁两株黄槐正错落盛开着五瓣金黄色的小花，馨香耀眼，在阳光下熠熠生辉。

汤妍打开门，笑着喊：“嘿！”

周廷尧抬起头。

汤妍还穿着睡衣，一身绒绒的粉白色，因为洗脸的缘故，头上还戴着一个猫耳发箍，露出光洁的额头。

周廷尧嘴角上扬，收好手机朝汤妍走来。

“现在才起来？”他眼中有笑意。

汤妍反驳：“没，我平常都起得很早的，主要是昨天睡太晚了，忘了调闹钟。”

“哦……”他故意拖长了这个音节，惹得汤妍忍不住瞪了他两眼。也是靠近了之后才发现他眼睛下面淡淡的青色，汤妍又突然心软下来。

她说：“你熬了一夜吗？大早上可以补眠的，不用特地给我送早餐。”说完又讷讷补了一句，“其实……我挺好养的。”眼睛里有点像是邀功一样的小期许。

恋爱的人大多都忍不住期盼和撒娇，生活中微小的习惯和喜悦都想要与你分享，巴不得在你面前永远都展示最美好的一面。

所以啊，周廷尧，你看我都这么喜欢你了，希望你也能更喜欢我一点。

周廷尧嘴角的笑意越发扩大了两分。

他说："嗯，是挺好养的，我知道。"心中一片柔软，她似乎总能击中他内心最柔软的一部分。她的执拗，她的小倔强，工作时的那份认真。

他不曾告诉过她，汤圆儿，你对我来说，其实是特别的。

特别到，我深陷泥沼中还是忍不住自私地抓住了你。

汤妍的花艺工作室里。

如根雕一样遒劲的枯树枝被截成小片，成为植生墙的主体，在枯树枝的缝隙中，多肉和蕨菜"自然生长"，朝向不一，原始古朴的气息扑面而来。

这样的设计灵感，是周廷尧给的。

他这几天白天都待在汤妍这里，带着设计稿和相机。不过大多数时候都在给汤妍拍照，她歪头剪花枝的样子、她垂眸浅笑或是双手交握的一帧一画大多被装进了他的镜头。

他也画设计稿，就窝在工作室那张落地窗前的小沙发上，专注又认真。

空气是缓慢的，带着香气和静逸。

他很安静，工作室刚来不久的几个姑娘都知道他是汤妍的男朋友，叫他周哥他也回应，只是很少有人敢真的上前和他搭话。

汤妍很想说，你们要是见过他损人的样子，估计就不会这么觉得了。

也不知他在这里怎么突然变得深沉起来。

宋晓柳有时候受不了就说：“你俩谈个恋爱谈得跟部韩国浪漫偶像剧似的，能不能别祸害人家小姑娘。”一边说，还一边准备打电话给徐正林诉苦。

当天工作收尾的时候，汤妍才发现周廷尧竟然在沙发上睡着了。

工作室的人都已经离开了，汤妍走到他面前蹲下。这样长手长脚的一个人躺在小沙发上估计也不会舒服到哪儿去，汤妍去给他拿毯子。

刚披在他身上他就醒了。

汤妍露出抱歉的表情：“我吵醒你了吗？你这几天看起来挺累的，回去好好休息吧。”

周廷尧看了看周围，对于自己能就这样睡着的事情感到惊讶。他在沙发上坐直，一把捞过汤妍压在自己的腿上。

汤妍惊呼了一声被吓得不轻，他的胸膛就贴着她的后背，能够清晰感受到他的体温和呼吸。这还是两人自恋爱以来，第一次如此亲近。

周廷尧轻笑了一声，说：“这段时间我可能会比较忙，忙完手头的工作后打算正式创立自己的珠宝品牌。”

以前对于珠宝设计他有特殊的情感，他只做设计，并没有兴趣参与其他。做这个决定是和汤妍在一起之后，看着她工作往来，一颦一笑，他突然想要安稳。

他曾经以为，安稳这个词大约永远都不会在他的人生字典里出现，但是现如今，他突然想要给另一个人安稳，那不单单是责任，也是因为爱与在乎。

因为他想给，因为她值得。

汤妍从来不曾想过，再一次见到苏朵竟然是在医院里。

汤妍带着工作室的两个姑娘做一个橱窗的花艺设计项目，悬挂的木片、铁丝与树叶交缠的花朵，配合精美的银色、白色瓶器插花，显示出华丽而富有个性的美感。

原本工作都已经收尾，不料客户家的小孩子失手打碎了一个白瓷瓶，破碎的瓷片划破了工作室一个叫小雯的姑娘的脚动脉，出血情况有些严重。

汤妍陪着去了医院。

好在送医及时，并没有出什么大问题。

下午三点左右的时候，情况彻底稳定下来，汤妍的手上沾了不少血迹，正沿着走廊去洗手间，结果和苏朵迎面撞上。

两人都认出了彼此，愣了半晌。

苏朵身上穿着白褂，把手上的文件夹递给身后同样是医生模样的人说："你先把这份检查报告放到我办公室，我等会儿就来。"

汤妍注意到她的白褂上写着"神经外科医生苏朵"。苏朵看起来还是瘦高的样子，医生打扮显得越发清冷了些，看着汤妍手上的血迹问："怎么，受伤了？"

汤妍努力搓着手指，笑："不是，我送同事过来。"

苏朵点了点头，看了看汤妍说："你……最近有没有见过周廷尧？"

汤妍很尴尬，一来她并不清楚周廷尧和苏朵之间的细节，二来她也没办法直接跟苏朵说我现在是周廷尧的女朋友，所以一时之间沉默下来。

苏朵显然对她的迟疑起了怀疑，抿着嘴角有些笃定地问："你们在一起了？”

汤妍点点头。

瞬息之间就见着苏朵脸色白了一下，她当着汤妍的面掏出了手机，拨打了周廷尧的电话，可听筒里传来：“您好，您拨打的电话正在通话中，请稍后再拨。”

她不甘心，又接连打了好几个，依然占线。

她最终还是放下了电话，看着汤妍冷了声音：“他已经很久不接我电话了，我也不知道你们是怎么走到一起的。但是，我提醒你一点，周廷尧对待感情从来不曾认真过，你最好能看清这一点自己离开。”

说出这话的时候，苏朵自己反而生出一丝慌乱。她比谁都清楚，面前的女孩子和曾经那些围绕在周廷尧身边的人是不一样的。难道说他周廷尧竟然也会死心塌地爱上一个人吗?

不，不，她否认了这个说法。

一个连自己都不爱的人，他又拿什么去爱另一个人呢?

汤妍看着苏朵这突如其来的激烈反应有点不适应，她能看出苏朵对周廷尧的感情。

但原谅她不是圣母，做不出退出这种事情。

就在这个时候，一股大力扳过了汤妍的肩膀，她见到了谈话的主角。周廷尧额头带着点点汗珠，皱着眉带着微喘站在她面前：“我连续打了你半个小时的电话，为什么不接？”

“走得急，手机落在工作的地方了。”

他一直在找她吗？也难怪苏朵给他打电话一直占线。

周廷尧着急地打量她，发现她手上衣服上那些还未来得及清洗的血迹，连忙问：“受伤了？伤在哪儿？医生呢？”

汤妍举起手摊开给他看：“不是我的血，我没受伤。”

他焦急的模样落在她眼底，灼得她的心一片柔软，她不自觉地将依偎进他怀中，肢体的接触让彼此都安心下来。

“没想到你会愿意来医院。”是苏朵的声音。她有那么点不敢置信，又有在事实面前无法辩驳的不甘。

眼前的画面似乎刺痛了她，她问周廷尧：“能谈谈吗？”

周廷尧下意识看向汤妍。

汤妍冲他点点头，他匆匆抱了她一下道：“坐着等我一会儿，很快回来。”

医院的楼道里，苏朵红着眼倔强地盯着周廷尧，而周廷尧却是一脸平静的样子。

“周廷尧，你是真心爱她吗？你不接我电话，不准我上门，是，我承认，这几年是我死缠烂打地跟着你，因为我总以为能回到过去的。”说到最后，她的声音越发轻了，呢喃着，像是让自己坚定自己的说法和信心。

周廷尧靠在楼梯间的扶手上，低着头。

“苏朵，我的确曾经一度觉得痛苦，但那终究只是以前。你为我待在国内其实没有什么必要，到此为止，以后这个话题不要再提了。”

如果让医院与之相熟的人看见，大约会很意外一向冷静又果敢的苏朵医生，竟然哭了。

她声音颤抖：“我放弃过你，所以，如今的你不再愿意给我机会是吗？”

“不是。”

正打开楼道门的周廷尧垂首低语：“是曾经的我太糟糕，我不曾怪过你。至于现在，苏朵，我只是在开始学着放过自己而已。”

……

汤妍洗了手，就一直在走廊上等周廷尧。

有父母带着生病的小孩儿路过，有鲐背苍耈的老年夫妻相携走过，也有形单影只提着吊瓶走过的年轻姑娘。都说医院是最能看清人性的地方，大约是因为在这里每一个生命的离去或者降生，都有不同的开始和结局。

她想起刚刚苏朵说周廷尧的那句“没想到你会愿意来医院”，他以前从来都不上医院吗？

就在她出神的时候，周廷尧回来了。

他站在汤妍面前伸出手说：“走吧，回去了。”

“嗯。”汤妍把手放在他的掌心，握紧，“周廷尧，你现在可是我的人了。只有这一次，以后再有女孩子说要约你谈话可不能随便答应，知道了吗？”

周廷尧失笑，手上的力道收紧了两分，靠近她说：“汤圆儿，刚刚可是你自己点头答应的。”

“所以你不答应是吗？”汤妍瞪他。

“嗯，我考虑考虑吧。”

汤妍有些气闷，周廷尧来得急没有开车，两个人便坐在路边的花坛上等车。

一小朵一小朵的万寿菊就开在汤妍的手边，她撇撇嘴随手扯下一枝捏在指尖晃悠。想到什么越发不开心了，她低着头说一句："周廷尧，我要走了。"

"嗯，等会儿，车快来了。"

汤妍去扯他的袖子，对上了他的眼睛才说："我不是说这个，我要离开一个月去培训，这次开课的老师是乔斯当年都很欣赏的花艺大师，第一次来华授课我不想错过，学有所成的话，工作室以后会开始考虑招收花艺学员。"

周廷尧没有说话，就那样看着汤妍，看得她心里开始打鼓。

汤妍后来实在受不了他的视线，便拽了拽他的胳膊说："你不能阻止我，你看你都要创办自己的珠宝品牌了，我也得往前走啊。"

"所以是为了我？"周廷尧低声问。

汤妍顿了一下："还有我自己喜欢……虽然不全是为了你，但我也不想被甩得太远嘛。"

周廷尧笑了。他垂头抵着汤妍的额头："乔斯都很欣赏的花艺大师？你要是再给我找一个他那样的情敌怎么办？"他一只手掌抚上汤妍的脸，"汤圆儿，要真是那样，我会嫉妒到发疯的。"

下一秒，他的唇就那样压了下来……

汤妍的脑袋“嗡”的一声变成了一团糨糊，他隔得那么近，他攻城略地甚至都不给她呼吸的空气……

她其实想说那个花艺大师是个女老师，而且年近五十……

忘记了，她只觉得浑身都在燃烧，烧得她脑子里什么都没有了……

得到周廷尧最后的恩准，汤妍在几天后登上了去外省的长途汽车。

花艺老师人很好，她教授大家美学、色彩、环境艺术等最为重要的基础知识，而场景布置首先需要的是灵感。汤妍自第一天开始，就拿出了刚入行的学习热情。

晚上回到宿舍，同住的女孩子年纪不一，有刚刚大学毕业的，也有像汤妍这样已经从事了好几年花艺工作的，大家都聊着一些轻松的话题，互相开着玩笑。

有个刚毕业的年轻姑娘问她：“汤妍，你一直拿着手机是在等男朋友电话？”

汤妍脸色一红，连忙否认：“不是。”

“可是我好想我男朋友啊，我们从大一开始恋爱，除了寒暑假还没有这么分开过呢，真不知那些常年异地的情侣是怎么坚持下来的。”

话题一挑起，大家便七嘴八舌加入讨论。

汤妍悄悄穿上拖鞋去外面给周廷尧打电话。

“你在干吗呢？”汤妍问。

似乎自从两人恋爱以来，周廷尧再也没有出现过一连好几个电话不接或者打不通的情况。这样看来，他还算是个不错的男朋友。

不过他估计又在熬夜，电话接得很快。

“没干什么，你怎么样？会不会不习惯？”他问。

汤妍很想懂事地说能习惯，不知怎的到了嘴边就变成：“不习惯，这边的空气好干，天气又热。不过，今天老师还夸我来着。”

周廷尧看穿了她那点矫情又想得到夸奖的小心思，便故作冷淡地说：“我记得某人当初可是非得坚持要去的，刚开始怎么就抱怨了？”

汤妍撇嘴，觉得此人一点儿都不懂女孩子的心思。

夜晚的宿舍走廊有隐约的说话声，阳台上几盆月见草开着浅黄色的花朵，浓烈的香味吸引着好几只蛾类昆虫竞相围绕。

汤妍抬头看了看夜色，残月被云层遮挡。

耳边是周廷尧翻动图纸的沙沙声，汤妍有些低落地说：“快要到中秋节了，和你在一起的第一个中秋都不能一起过。”

周廷尧估计是停下了工作，汤妍又问："你打算怎么过啊？"

"回家吃饭。"他说得很简洁。汤妍也知道他和家里的关系应该是有些微妙的，但还是接过他的话说："本来就是该和家人一起过的节日，虽然你妈厉害了点儿，但要好好过哦。"

周廷尧微微怔住，虽然汤妍某些时候看起来不那么聪明，但其实很敏感。

中秋来临的那天，汤妍还在上一堂实践课程，大家相互交流着创作经验和心得。

空间花艺不同于传统花艺所注重的技巧与几何造型，它讲究的是一种表达个人艺术和情感的创作，短短时日，汤妍自感获益良多。

快到下课的时候，旁边的姑娘用手肘碰了碰她。

"看外面，有个帅哥看你很久了。"

汤妍在她有些兴奋的语气中转头看去，这一看不得了，手中的花剪瞬间剪错了地方。

汤妍懊恼地"嘶"了一声，手忙脚乱地开始弥补。

旁边"扑哧"一声，刚刚叫她的女孩子凑上来揶揄："看你这慌张的样子，那是你男朋友吧？哎，不过你男朋友挺帅的啊，看大家都没什么心思上课了，一个劲儿盯着外面瞧。”

汤妍这才又悄悄往门外看了一眼。

一下子就对上了周廷尧的眼睛，他就靠在外面的走廊栏杆上，是老师看不到的死角。已是秋季，他穿着一件浅棕色的风衣，盯着汤妍笑得云淡风轻。

汤妍的心怦怦跳了起来。

上课的老师是个和蔼的英国人，底下的学生有些不安分，又因为快要下课了，便提前几分钟结束了课程。

汤妍放下手中的东西，赶紧出了教室。

街边梧桐树上的叶子开始渐渐枯黄，有一片打着旋儿被吹落在周廷尧的左脚边。

汤妍满含笑意地跳到他面前，仰头问他：“你怎么来了？”

周廷尧抓住她的手，眼睛里晕出点点宠溺：“我记得有个人曾跟我抱怨，说没有办法一起过中秋，还说自己是个可怜又孤独的人。”

汤妍脸红，她不过就是没话找话而已。

一起上课的人离开的时候都和汤妍打招呼，几个相熟的顺便还好奇地问周廷尧：“你就是汤妍的男朋友？你长得这么帅，难怪她每天晚上都要和你通话，估计是没有安全感吧。”

大家都是开玩笑，周廷尧低头看了两眼身前的人。

他笑了一下回答：“嗯，她大概一直认为自己配不上我。”

汤妍捏起拳头去捶他，周围的人便都跟着笑起来。

中秋意味着团圆，汤妍下午的时候给庆佩文打了电话。

周廷尧去买水了，汤妍说：“妈，给你寄的东西都收到了吗？”

“收到了。”庆佩文嗔怪，“都跟你说过我什么都不缺，你还寄那么多吃的用的干什么？”

正聊着的时候汤妍望向了正在小卖部结账的周廷尧。

他的身高在人群里有些鹤立鸡群的架势，抬头随意瞥一眼都可以看到他，而他此刻正在给一位老婆婆让位。

心就这么突然动了一下，汤妍对着手机突然说：“妈，我恋爱了，和周廷尧。”

电话的另一端一下子安静下来，汤妍有点心慌慌。

隔了一会儿庆佩文才说：“知道了，他现在在你旁边？”

这时候周廷尧刚好拿着水回来了，把其中一瓶拧开的递给她。

汤妍心一横就把手机递到了周廷尧的身前，对上他疑惑的眼睛苦着脸憋了一句：“我妈。”

周廷尧深深看了她两眼，把电话接了过来。

“阿姨。”他说。

汤妍并没有听见他们到底说了什么，因为周廷尧接过电话，特意绕到一边去接听了。

大约十分钟之后，周廷尧把电话还给汤妍。

“我妈说什么了？”她一脸紧张。

周廷尧好笑地揉了一下她的脑袋，接过她的包说：“没什么，我们走吧。”

汤妍不甘心去拽他的衣摆，跟着他跑了几步不死心地问：“你们到底说什么了啊，你快告诉我嘛。”她一边说一边还有些担忧地去看周廷尧的神色。

汤妍一直记得庆佩文曾经谈论过这个话题，妈妈虽没有明确反对，但似乎也没有支持的意思。

好在周廷尧神色如常。

一路上基本都是他扯着她在走，对于像无尾熊似的汤妍，周廷尧也有些束手无策。

事实上，庆佩文确实没有表示反对。

她说既然是女儿自己的选择，她也不会横加干预，但是，她以为在他们这段感情里，汤妍似乎爱得更加用力一些。她一度担心，汤妍的付出在无法得到回应的时候会受到伤害。

周廷尧回："阿姨，其实是我要得更多。"

在这段关系里，看似汤妍主动做了大部分的事情，感情摊牌、通知家人等，但真正将两人捆绑在一起的是他，他固执地抓着她不松手，他决定和她就这个样子走到生命尽头。

晚上的时候，周廷尧在一家民宿订了房间。

有露天的大阳台，面朝花园。两人并排坐在外面的吊椅上，汤妍端着一块蛋糕小口小口地吃着。

周廷尧默默陪在身边。

汤妍吃了一口，便偏着头问他："你不是说今天要回家？跑来这里没关系吗？"

周廷尧专注地替她抹去粘在嘴角的奶油，说："没关系，我哥从国外回来了，今天会陪着爸妈吃饭的。"

汤妍一下子停了动作，想说你还有个哥呢？

但看着周廷尧沉静的面色却什么也没有说出口，反而是周廷尧看着她纠结的样子笑了一下。他说："是我二哥，他继承了父亲的手艺，前段时间因为工作去了国外。"

虽然从没有主动去打听他的家庭，但是对于交往的两个人来说，汤妍心底还是有点虚的，毕竟，她的家庭他一清二楚，而他的对她来说如一团迷雾。

但是，她终究还是一点点在开始了解，不是吗？有一个大师级的父亲、雷厉风行的母亲，还有一个陶师傅那样的师伯，现在还多了个哥哥。

曾经是来不及参与的过去，而她与他拥有的，是现在以及未来。

第七章

DIQIZHANG

心痛的过去

汤妍培训结束的时候，正值深秋。

周廷尧的工作似乎越发忙了，市场调研、品牌定位、宣传等工作大多需要他亲力亲为。有些东西可以从表面就窥见其变化。他在与人交往中少了丝随意多了份从容，曾经的自我和戾气几乎难寻踪迹。

那样的周廷尧，他似乎正慢慢从某个暗黑的角落里走出来，身上光芒耀眼。

汤妍唯一担心的是，他的睡眠。

她也是在长时间的接触下才慢慢发现的，他几乎不睡觉。回到周家的情况她不甚清楚，但是只要住在以前的地方，她就会发现阁楼整夜整夜亮着灯光。

无论多晚给他打电话或者发短信，他都清醒着。

汤妍问过他，他称是太忙，为了转移话题甚至指责汤妍已经连续一个星期每天半夜三四点给他发短信。他笑：“汤圆儿，你总是半夜给一个男人发短信，是很容易让人误会的知道吗？”

汤妍第一次没有因为他的揶揄而红脸。

忙归忙，哪有人长时间昼夜都不睡觉的？

“你是不是有失眠症啊？”汤妍问。

周廷尧敷衍地随意点头，觉得这姑娘最近格外霸道和难缠起来。

两天后，周廷尧在回到家的时候，就发现家里突然多了一股很浓的中药味儿。

汤妍系着围裙举着汤匙从厨房出来，神色平常很自然地说：“回来了啊，你先吃点东西垫一下肚子。”

周廷尧脱了外套，边挽着衣袖边走进去问：“什么药？你病了？”

汤妍白了他一眼："不是我，这服药是我特地找一个老中医抓的，里面有夜交藤、生龙骨等好几种药材，据说对治疗失眠有奇效。"

周廷尧皱眉："别弄了，我不喝。"他并不知道给了她一把钥匙，她就开始上下折腾。

"你不会是怕苦吧？"汤妍一脸惊奇地看着他，不等他回答就又说，"你怎么跟个小姑娘似的，要不要我喂你？"

周廷尧就着侧身的姿势敲她脑袋。

等到他洗完澡擦着头发出来的时候，发现汤妍正坐在沙发上一脸严肃的样子。

他过去在她身边坐下好笑地问："干吗呢？"

她顺手把桌上一碗黑乎乎的药往他面前推了推说："喝了。"

"别闹，不喝。"

两人并排坐在沙发上，挨得极近，汤妍甚至能清晰感受到他身上的水汽和刚刚洗完澡的沐浴露味道，淡淡的，很好闻。

汤妍拿下他正在擦头发的毛巾，用食指指腹戳了戳他的下眼睑："你最近有没有照镜子？你的黑眼圈已经快要掉到地上了。周廷尧……熬夜最容易衰老了，你要是保持不住颜值以后出门别人就会说你是我爸爸。"

周廷尧先是不咸不淡地看了她一眼，突然伸出手指挑起汤妍的下巴勾唇一笑："叫爸爸。"

汤妍："……"

那副张着嘴巴一脸不敢置信的表情逗乐了周廷尧，顺手挠了挠她的下巴说："逗你玩儿的，给我擦头发。"说完还把脑袋往前凑了凑。

汤妍很无语，明明是想给他脑袋一巴掌的，到头来也只是把毛巾蒙在他乱蓬蓬的头上使劲儿揉了两下。对于他逃避喝药这一点，汤妍表示很无奈，他毕竟不是三岁小孩儿，她也不可能强迫他喝。

她压下心中的那点儿焦躁和不安，想着要不要劝他找个医生开点儿药。

秋水寒凉，傍晚的霞光给远处的天际镀上一层金边，窗外不时有几只归鸦盘旋飞过。罩在宽大的白毛巾里的周廷尧正闭着眼睛任由汤妍动作，半干的几绺发丝不断扫过他的额头和眼睛，他安静着，很放松的样子。

汤妍正跪在柔软的沙发上，看着他微微走神。

"怎么了？"他突然睁开眼睛问。

汤妍脸一红："没什么。"

大半年之前，谁能想到曾经三番五次彼此看不上眼的人，会以这样的身份和姿态出现在自己的生活里呢。

周廷尧却没动，一直看着她。

汤妍往后躲了躲，避了一下又迎上他的视线说："好了啦。我只是……在这一刻突然发现，我又多喜欢了你一点而已。"

大约是没有料到会有这样的回答，周廷尧足足愣了好一会儿。

回过神来的他嘴角上扬，拉下了还在他头上的双手，让她在沙发上坐好之后才对着她说："基于你这么坦诚的态度，我们来谈个条件吧？"

汤妍不明所以地看他。

周廷尧指了指自己的脸颊说："你亲我一下，我就把药喝了，怎么样？"

这么简单？汤妍第一时间就想到了这个，大约缓了几秒钟才想起来，这个条件怎么算都是自己吃亏吧。

事实上直到最后，那碗药的确被喝得一点不剩。至于这是汤妍用割地赔款般不平等条约所换来的结果这一点，只能说明她终究还是想得太简单。

周廷尧把中药残渣倒进水池，想到刚刚落荒而逃的人哑然失笑。挥散不去的味道氤氲满屋，虽是苦涩，却能让人在微醉中找到一丝清醒。

他不爱喝药，中西药皆是。

在曾经很长的一段时间里，他的身体对药物产生非常强烈的排斥情况。体内像是潜藏着巨兽，决绝地将他和外界分隔而开。

医生说，这是心理作用。

任何人都拿他毫无办法，好在后来他逐渐好转，不再每一次生病都让家人如临大敌。只是他厌极了喝药的感觉。

也可以说，他厌极了从昏沉中逐渐转醒，痛苦再一次侵袭而来的绝望感。

周廷尧的工作比预想之中进展顺利，他的设计能力有口皆碑，曾经的老客户和合作商都是潜在助力。他租了楼盘，生活和工作开始趋于平常。

而汤妍和宋晓柳商量之后，也终于下定决心开始尝试着招收花艺学员。

彼此的生活脚步有条不紊。

十月中旬，气温骤降。

下午的时候突然刮起了大风，乌云涌现，街上行人匆匆。不一会儿，豆大的雨点开始滴落，像是把头顶的天空撕开了无数道口子。

汤妍给周廷尧打电话，机械的女声让她微微愣了一下。

宋晓柳拿着擦桌子的抹布说："行了啊，不就没接电话嘛。你这就是典型的小女生恋爱心理，他又不是生活不能自理，哪用得着你处处担忧。"

但汤妍仍然不安。周廷尧向来随性，但自两人在一起后这还是第一次打不通他的电话，而且今天一整天连条短信也没有，这很不正常。

她嘱咐了宋晓柳一句，就带着伞出门了。

周廷尧租下的地方在繁华的路段，汤妍来过几次。

但今天这里显得格外不一样。

刚进去就看见前台的地方围了好大一圈人，吵吵嚷嚷不知发生了什么。汤妍收起还在滴水的雨伞，拉住了好不容易从人群中挤出来一脸焦躁的前台姑娘。

"小琪，发生什么了？"她问。

小琪一见是汤妍连忙把她扯到一边说：“妍妍姐，你今天怎么来了？你先回去吧，我们也不太清楚究竟发生了什么，只是前段时间的那些客户突然闹上门，连正在进行的几个单子也被要求退还定金。”

“廷尧呢？”

“老板他……”

汤妍一看小琪欲言又止的样子心下一跳，后背陡然间冒出一层虚汗。她稳了稳，就听小琪说：“老板今天一大早接到了法院的传唤，好像是被好几家小珠宝品牌以剽窃的名义联名起诉了。”

剽窃？汤妍有一瞬间的茫然，进而觉得不可思议。

第一时间的否定并不是盲目信任，而是源于自相识以来的了解。

她从来不曾知道，当有一天这两个字眼和周廷尧联系在一起的时候，她居然能够如此愤怒。他的设计风格向来自成一脉，多年的成绩和口碑皆是有目共睹。这样的诋毁和污名究竟是怎么扣到他头上的?

小琪凑过来小声说：“这些都是老板以前不曾接触过的新客户，刚开始都好好的，可现在不听任何解释和说明，有好几个客户还带着家人和保镖，就是专门来闹事的。”

汤妍往人群中看了一眼，很快就发现了不对劲。

这边的工作人员都是采取尽力安抚的方式，可对方显然很蛮横，就算有少部分比较理智的人也很快被大多数人煽动，所以现场一再失控。

汤妍知道，从被同行联名起诉的那刻起，这就是一场有预谋的行动。她咬了咬没有血色的唇，周廷尧的工作刚刚步入正轨，就算有根基在，剽窃这样的名义一旦传开，对一个珠宝设计者的从业生涯来说将是抹不去的污点。

她见过他通宵达旦画设计稿，见过他潜心研究材质属性、工艺革新，见过他为一件作品付出的精力和汗水。

社会竞争在所难免，刀光剑影，来往平常。但是当这样毫无根据的指责和恶意泼向她所在乎的人时，她体会了什么叫“心有宝藏，四面八方都是饿狼”。

不能放任现场继续这样下去。

汤妍把手中的雨伞递给小琪，快速地说：“你去前面叫几个保安过来。”

小琪离开的时候，汤妍提高了音量：“大家静一静！”

现场陡然安静下来，汤妍顿了顿继续说：“我知道在场的很多人都是第一次和这里有业务往来，但你们当初选择这里，相信一定是经过了很多的权衡。这里的负责人周廷尧大家应该也有一定的了解，任何问题我们一定会帮大家解决。希望……”

“你是谁啊，你说话能管用吗？叫你们老板出来！”说话的是一位珠光宝气的女士，她的身后还有两个负手站立的保镖，应该不是什么善茬儿。

“您好，我是……”

人群中一个矮小的男人突然说：“别你是了！谁不知道你们老板都因为剽窃被抓起来了。我们只要拿到钱，其余的我们才不管！”

“对，退钱！”

现场一下子就又闹了起来。

汤妍看着刚刚说话的男人，心下了然。她突然说：“先生，请注意您的言辞，只是被传唤调查而已，您这样直接一个剽窃的罪名就扣下来是不是需要拿出证据，还是说……您有其他的目的呢？”

对方的脸色陡然就变了。

他大概是竞争对手故意安插在这里煽动客户情绪的人。

而且，应该不止一个。

对方虽然被看穿，但依然气焰嚣张，反驳道：“你是谁啊，我看你们就是不想退钱！大家千万不要相信她的话，这里的老板已经名誉扫地，哪有诚信可言！”

接着人群中又有人附和了几句，人群越发躁动。

他们拥挤着，朝汤妍的方向挤过来。

……

周廷尧回来所见到的一幕，正是汤妍被两个保镖推倒在地的时候。

小姑娘穿着浅灰色毛衣开衫的身形有些单薄，或许是匆匆赶来的原因，发梢被的大雨淋湿了一些。她苍白着脸，被人推搡着撞到玻璃门上。

跟在老板身后的小琪倒吸一口凉气。

老板对这个女朋友的宠爱程度大家都有目共睹，平常来这里的时候也没有藏着掖着。加上汤妍脸皮薄，时常见她被老板逗得脸颊通红。

这些人估计还不知道老板生起气来是什么样子吧。

果不其然，周廷尧原本冷着的脸瞬间更僵了。他三步并作两步走上前扶起了地上的人，一言不发地蹲下身检查着汤妍身上有没有受伤的地方。

汤妍原本就被这突然的暴动冲得晕晕乎乎的，结果发现扶自己起来的人竟然是周廷尧。

她神情一松，又被周廷尧旁若无人的动作弄得有些手足无措。

她红着脸把他从地上拉起来说："我没事，你怎么样？"

周廷尧摇摇头。

他脸上并不见颓废之色，衣着整洁，身后还跟了好几个律师模样的人，这让汤妍稍稍放下心。

那个带着保镖的女人站在最前面，似乎看不上周廷尧为了一个女人紧张的样子，抬着下巴对站起来的他说："周大设计师，我本不想凑这个热闹来找麻烦的，但我之前的问题你们始终没有解决，是不是要给我一个说法？"

"王太太。"周廷尧点点头，淡淡地说，"我是设计师，一块祖母绿按你要求打造的项链，现在的鉴定书上，你问我为什么不是翡翠。恕我直言，这种常识性问题你最好先自己查查资料，免得被人笑话。"

这么直白的话，明显不适合在当下的环境说。

工作范围的扩大，接触的人越多，什么时候该说什么话是这个社会教会我们的处事准则。但刚刚发生的一幕让他的心里积了一团火，触到了不能碰的底线，顾客至上就是个虚话而已。

被称为王太太的女人被激得脸色通红，涂成大红色的指甲指着周廷尧说："周廷尧，你一个小小的珠宝设计师有什么好瞧不起人的？我告诉你，来你这里是看你周家的面子。今天这事你要好好说我们就算了，但你这个态度分明就是和我们王家过不去！"

周廷尧不为所动，脸上的表情没有丝毫变化。他很平静地说："我想我们周家的面子不需要任何人看得起，王太太偏偏这个节骨眼儿找上门，是故意找碴儿，还是想看笑话？"

"你……"

周廷尧不再理会，反而半环着汤妍低声说："走吧，送你回去。"

他冲身后几个律师模样的人点了点头，然后直接拉着汤妍离开了现场。

出了玻璃旋转大门，外面的风依然肆虐，天空阴沉得仿若一块巨大的幕布，黑压压笼罩着眼前这座城市。

周廷尧带着汤妍上了车，玻璃窗上积起一层层的小水珠，映着他那张沉默的侧脸。

汤妍问："我们就这样走了吗？会不会有什么麻烦？我看那个王太太不是什么善茬，还有一起闹事的人里有几个根本不像是客户，反而是想故意把事情闹大的托。"

周廷尧倾身过来为她扣上安全带，他像是没听见她的话，边扣边问：“刚刚有没有伤到哪儿？”

“没有。”汤妍讷讷地答。

他自刚刚开始就一直这样冷漠着，明明是关心的姿态和言语却让汤妍觉得丝丝不安。她慌张地去抓他的衣袖，棉麻的质感捏在掌心，让她微微凝神。

周廷尧看了她一眼，神色柔软了一些。他双手撑在她的身侧说：“刚刚那种情况为什么还往前凑？”

因为和你有关啊，因为是你的事情，所以没办法袖手旁观。

但是周廷尧并没有给她反驳的机会，接着说：“你记住，在我这里没有什么能比安全更重要，你唯一要考虑的是如何保护自己。”而不是让你因为我受到不公和伤害。

“可是……”

汤妍看着他近在咫尺的脸咽下了到嘴的反驳。

她越来越贪心了，想要知道他全部的生活、他的工作，想要知道他因为什么开心又因为什么而难过。点点滴滴，她都想要知道和参与。

把汤妍送到家的时候，已是晚上八点。

途中他曾接到一个电话，事情进展很顺利。汤妍不知他是如何处理的，但能在这么短的时间平息风波，将影响范围缩至最小已经是很好的境况。

临下车的时候，汤妍担忧地问："真的没有什么问题了吗？我看今天那个王太太……"

周廷尧摸了摸她有些冰凉的脸，微微拧眉："没事，周家和王家的渊源得追溯到百年前，只是这代当家人看人眼光不准，当初不顾长辈劝告娶的这位太太素质不高。估计是今年国内举办的银雕大赛王家失了颜面，才会借此机会找碴儿找到我这里。"

汤妍蹙蹙眉。

既然同是百年手工技艺大家，这位王太太的行为的确是让人不敢苟同。精细手工，沉淀的底蕴文化在这样的做派里，只会显得世俗且粗鄙。

周廷尧的指尖挠上她的额头，小声叮嘱："最近几天我有些法律上的事情需要处理，暂时就不回这边住了。天气转凉，你也不要老往外跑。"

汤妍乖乖点头。

不曾想到的是，自那晚之后，汤妍就再也没有联系上周廷尧。

他给她的说法是他有事需要处理，但是并不包括电话关机、短信不看、留言石沉大海。当听筒里一遍遍关机提醒传来的时候，汤妍又有了一种两人刚认识时候的感觉。

不同的是，当时她置身事外，如今她胆战心惊。

她有一种非常不好的预感。

第二天，汤妍匆匆去了周廷尧工作的地方。

前台的小琪说："老板已经好几天没来了。"说完又小心翼翼地试探，"妍妍姐，对手都已经撤诉了呀，是不是又发生了什么？"

汤妍难免怪自己鲁莽，明知这里的人刚刚从一场风波里走出来，本就心里不安定，她又来这一出只会增加大家的心理负担，于是连忙说："没什么，他有事出差了，我就问问他有没有往你们这里打电话。"

结果自然是没有。

出了那栋楼，汤妍环顾四周，有些茫然不知所措。

秋风瑟瑟，路边枯黄的梧桐叶子吹落满地，踩在上面发出咔嚓的清脆声响。看惯了的城市秋景，突然间变得颓败萧瑟起来。

汤妍就是在这个时候接到苏朵的电话的，颇让她意外。

想想上一次见她还在不久前，汤妍看似大方地让她和周廷尧单独谈话，其实心里略微还是有些吃醋的。

苏朵的声音放得很低，接通的第一句话就是：“你在找他？我大概知道怎么回事。”

汤妍赶去医院见苏朵。

苏朵剪了短发，双手插在白大褂的衣兜里，站在医院住院部的门口等她。

汤妍从苏朵那张平静的脸上看不出什么，于是问她：“你知道他在哪儿？”

问出口的这一瞬间她才发现自己的嗓子因为紧张嘶哑得不成样子。来医院的路上她一直惴惴不安，很害怕像极了狗血剧情里那样听到任何关于他不好的消息。

苏朵瞟了她一眼，撩了撩耳边的碎发说：“走吧，带你见一个人。”

汤妍把所有的可能性都猜了一遍，但最终还是没有料到，病房里的那个人是周廷尧的母亲——葛凤淑。

她和苏朵并没有进去，就站在病房外面的走廊里。

从门上小小的玻璃窗往里面望，能看见葛凤淑穿着蓝白条纹的病号服躺在床上。她的头转向窗户那边，不知道醒着还是睡了，只是那道身影，陡然间失去了汤妍第一次见她时候的干练和凌厉，看上去消瘦脆弱而孤独。

“是不是很意外？”苏朵的声音响在耳边，有些低沉。

汤妍转头看她。

苏朵转身靠在了旁边的白墙上，指了指病房说：“情绪过激导致的晕倒，她心脏不好，而且有焦虑症。”说完又自嘲地笑了两声，似是对着汤妍又像是自言自语，“你能想象吗？这么多年我有多恨躺在里面的这个女人。可惜啊，直到她送进医院来的时候，我发现到头来最可笑的还是自己。”

年少的感情就像是一场大雨，轰轰烈烈、矢志不渝。

当她挽住那个男孩儿的臂膀时觉得就算沧海桑田时代更迭，她也会和这个人走在一起。他们会结婚，或许也会吵架，但终究还是不会分开。到了一定年纪的时候，他们会选择孕育一个宝宝，然后白头到老。

但是这一切的前提是，他们得彼此足够了解。

苏朵说：“你大约没有见过刚刚二十岁的周廷尧，他傲气难驯、挥金如土，仿佛世间的一切都入不了他的眼。他常常不见踪影，经常几天找不着人。”

那个时候的周廷尧，其实是很多年轻姑娘心仪的对象。他不是好相处的人，却能吸引很多人的目光。在身为女朋友的苏朵眼里，两人相处久了，矛盾逐渐出现。

她抱怨他的脾气，抱怨他总是招小姑娘喜欢，也埋怨他在她需要的时候出现得不够及时……矫情地挥洒着身为女朋友的特权和娇气。

直到葛凤淑找到她。

苏朵说那个时候她正和周廷尧闹矛盾，原因是她感冒了周廷尧没陪她上医院，她感受不到在乎。葛凤淑找上门说得很直白，愿意给她一笔钱送她到国外学习珠宝设计，前提是和周廷尧分手。

她当时也不知道自己是怎么想的，真的接了钱，带着赌气成分一言不发地登上了飞机。

她想看看失去她，他会不会有一些惋惜，会不会过来将她追回。

可惜啊，年少时期的置气往往得到的都是物是人非。

苏朵的脸色在走廊的灯光下显得苍白，她看着对面的窗户说："你知道吗？我在很久之后才知道他那次之所以没陪我去医院是因为他去扫墓了，那天是他大哥的忌日。可我因为这样一个理由放弃了他，他其实很好，脾气再坏也没有冲我发过火，节假日和纪念日也一直记得，会送礼物也会陪伴。”

只是当时的她觉得受够了，忍受不了他三五不时见不着人，忍受不了他时好时坏的脾气。

从那之后，周廷尧彻底从周家搬出来开始独立，中间有一段时间和家里势同水火。他去学了苏朵最喜欢的珠宝设计，身边很多女人却没有一个让他安定下来。

苏朵自嘲：“我以为凭着这些我能挽回的，哪怕我放弃了最爱的珠宝，哪怕像他母亲说的我们之间差距太大。但是好几年了，无论我怎么努力，他对我永远都是那个态度。”

汤妍有些艰难地问：“他的母亲……又是因为什么……”

“和王家有关。”

汤妍一下子就想到了找周廷尧麻烦的那个王太太，头脑一片空白。

她不觉得听着男朋友的前女友追忆他们的过往是一种好的体验，她甚至像网上所说的那样，开始害怕“前女友”三个字，因为她赢不过岁月和回忆。但是她又忍不住想探取更多一点，去对比，他是不是对自己要更好更在乎……

苏朵往病房里又看了一眼，说：“细节我不知道，但我知道廷尧和家里的矛盾并非是因为我。他最近每天傍晚六点左右会来医院一趟，却不会进去。你自己问问他吧，他或许会愿意告诉你，毕竟……”

毕竟他待你终究不同。

她和汤妍不同，与周廷尧在一起时，他们都太年轻。他骄傲隐忍，她倔强不言，她不曾想过探听他的真实想法，不曾理解他的行为动机。

他们的错过，似乎是必然。

汤妍站在原地，看着苏朵转身离开的时候说不出心里是什么滋味。

在苏朵的陈述中，那是一段她无法参与的过去。

周廷尧在那段过去里还不曾游戏人间，他一心一意地喜欢过一个女孩儿，有少年不可一世的骄傲和光芒。他会尽心尽力为女孩子准备一份礼物、一场惊喜，会为了女孩儿和家里反目，代替她去完成她没有追完的梦。

这样的点滴，仅是想象，都令她觉得窒息。

她曾经以为那些过往，只要周廷尧不说她就不问，只要不提及就代表是过去式。她以为那并不会对两人的关系造成任何的伤害与威胁。

但现在看来，她高估了自己。

她的私欲，她的占有，她的自私，一一被唤醒。

周廷尧出现的时候，汤妍就坐在住院部楼下的小花园里。

他来得有些晚，天已经黑了，明月当空。隔得有些远，汤妍看着他从大门处进入，低着头，有些步履匆匆。

汤妍并没有跟上去。

大约半小时后，他就出来了。

汤妍坐上出租车跟在周廷尧的车子后面。师傅看她探头探脑一直往前看便笑着问：“姑娘你这跟踪的是男朋友吧？”

汤妍随意“嗯”了一声。

师傅又说：“你这行为可不好，这男朋友铁了心要出轨还是趁早分手的好，你这样就算知道了结果还不是给自己添堵，这天下什么样的男孩子没有。”

汤妍怔了一下，敢情这师傅以为她要去捉奸来着。

事实上，她只是想知道周廷尧这几天住在哪儿。因为就在刚才，她发现他特地避开了先他一步来医院的周定安和陶师傅等人，自然不可能住在周家的宅子里。

路边华灯璀璨，车子大约行驶了半个小时，周廷尧的车停在了一栋老旧的居民楼下。

他熄了火，然后下车。

是没有电梯的老房子，拾阶而上，楼道间的声控灯应声亮起昏黄的灯光。他揉了揉眉，准备从裤兜里掏出钥匙。

手还没有拿出来却突然顿住。

有人抓住了他的胳膊。

“周廷尧。”是熟悉的声音。

周廷尧僵了很久都没有动作，隔了一阵才将手掌覆在了汤妍的手背上。他什么也没问，继续手上的动作，掏出钥匙打开了门。

“啪——”他打开了屋里的灯光。

陈旧的家具散发着年代的气息，地方不大，但是生活用品齐全。四处也很干净，并不像长久不住人的样子。

两人在玄关处站着，周廷尧问：“怎么找到了这里？”

汤妍还拽着他没有放手，直到这一刻才有了一些真实感。隔得近了才发现他的状态很不好，眼睛里面都是血丝，下巴冒出青色的胡楂，神色疲倦。这个样子，像极了当初他发高烧在阁楼里烧得人事不知的时候。

“周廷尧，你是在故意躲我吗？”问出这句话的时候，汤妍才觉出难过来。

她明明是他的女朋友，他却什么也不肯告诉她。

周廷尧的手有些冷，抓着汤妍的手腕把她带到沙发上坐下，倒了一杯水放在她面前后才缓缓说：“没有躲你，只是……事发突然，我需要一点时间整理自己。”

汤妍捧着瓷杯没有说话。

氤氲的热气里，汤妍的声音有些含混：“周廷尧你浑蛋！”

他似乎没有听清，弯腰往她的方向靠近了一些。汤妍抬起头看着他的眼睛又重复了一遍：“周廷尧你浑蛋！”

他愣了一下，接着反而嘴角往上翘了一下。

他在她的旁边坐下。

汤妍侧过身子正对着他，瞪着眼睛说：“周廷尧你到底有没有把我放在眼里，我是二十四小时绑着你的吗？你要私人时间就不能跟我说一声？你这样一声不吭突然闹消失，我也是会担心的好吗？”

周廷尧看着汤妍红红的眼睛，掌心微微用力。他明明想把她拥入怀里的，到最后也只是把手放在了她的头顶，他极力控制让自己的声音听起来还算正常：“汤圆儿，抱歉。”

然后他再也没有说什么，他没有告诉她，他母亲被送进医院的那个晚上，他就砸烂了手机。那样无法控制情绪的自己，有多怕伤害到一无所知的她。

他看着面前姑娘的眼睛，第一次对自己当初的决定感到迟疑。

他甚至能够想象汤妍那若没有他参与的人生会是什么样子，她应该会遇见一个人，或许他不够优秀但一定温和体贴、老实敦厚，会欣赏并且支持她的花艺事业，会在每一个她需要的时刻及时赶到她的身边。

周廷尧的手缓缓地覆上汤妍的眼，那滴一直含在眼眶中的泪骤然滑落。

他转开眼，内心微微刺痛。

“我告诉过你我有一个二哥吧，其实我还有个大哥。”

周廷尧突然开口，汤妍微微愣怔的瞬间立马想起了在医院的时候，苏朵所说的一番话。当初他们分手，苏朵赌气直接跑到国外，就是他去给大哥扫墓没能及时陪苏朵去医院而导致的。

“我大哥的人生终止在十七岁那年，我亲手害死的。”

第八章

DIBAZHANG

绝不放手

等到她回过神来的时候，汤妍才发现自己已经泪流满面。

周廷尧不知道什么时候走到了窗台边，他整个身子都笼罩在阴影里，暗沉沉的情绪似乎要将他整个人吞噬。

生于银雕世家，家里的大哥比两个弟弟大了整整十岁，也是三兄弟中最有天赋的一个，自小背负着家族期望的孩子自幼懂事，对弟弟疼爱纵容。

父亲对大哥寄予厚望，而那个时候陶师傅偏偏最喜欢调皮的周廷尧，他说："这孩子有灵性，以后一定学有所成。"

年幼的周廷尧不以为然。

和二哥一起爬树下河，在叮叮银器的敲击声中偷偷溜出去掏鸟窝。上蹿下跳的无忧岁月里，虽不时伴随着父亲的斥责和怒吼，却没有四面围墙，没有圆圈和尺标勾勒出坐标的钟，时光灿烂如星河。

但这一切在周廷尧七岁那年戛然而止。

记忆中的大哥最是好脾气，每每弟弟惹祸了，叫一声大哥他就替他们兜着。

大哥总说："廷尧，你下次再翘师傅的课就自己去爸爸的书房领罚，听到了没？"可是等他再一次成功从课堂上脱身的时候，大哥就总是在父亲面前帮着圆谎，然后再私下里责骂他一顿。

那一次是周廷尧被父亲打了一顿，闹着离家出走。

七岁的半大孩子，穿梭过车水马龙的街道，最后在一个废弃的施工地蜷缩着过了一整晚，寒风瑟瑟中也不知道什么叫害怕，只觉委屈和不甘。

大哥找到他的时候，他还没有睡醒。

睁开眼看到熟悉的人第一反应是逃跑，钢筋水泥地里，他像只敏捷的小豹子一样躲避着大哥的追捕。

周廷尧眼圈深红：“就是在这个过程里，大哥掉进了施工深井，就在我眼前。”

如果非要形容那一瞬间的感受，其实是空白的。意外来得太过突然，等他感觉到痛的时候，已经是在很久之后了。

那场意外在周家的每一个人心上都留下了严重的后遗症，最初的一年，他们相互沉默着。

这种沉默带来的伤害是巨大的。

母亲背着他落下的每一滴泪都在年幼的孩子心上烙下伤疤，父亲的沉默寡言让他觉得偌大的家空荡得可怕。最极致的伤痛变得平静之后，父母才后知后觉这个小儿子变得和以前不太一样了。

他乖巧懂事，不再大哭大闹。

他似乎想努力像曾经的大哥一样能在银雕上学有所成，但他却连稳稳地拿起工具都做不到。

最初的三年，周家简直一团糟。

陶师傅看不过眼，把周家父母痛骂了一顿说：“你们失去一个儿子，还想再失去另一个是吗？十岁都不到的孩子病了不知道吭声，痛了不知道喊疼，对任何药物都会过敏抽搐到住院。你们不养，给我养好了！”

父母像是突然间清醒，而陶师傅也正是在那个时候离开了周家。

时间的流逝并没有让这份伤痛得到平复，他们只是不约而同地选择了闭口不谈。直至周廷尧成年后，因为苏朵和家里的关系再一次陷入僵局。

很多年后的母亲变得执拗，她杜绝一切可能会伤害小儿子的因素，如惊弓之鸟一般恨不得永远将他收藏在自己的羽翼之下，她承受不起再失去一个孩子的打击和结果。

苏朵算是其中的引线，让周廷尧终究还是撕破了亲情中间那层脆弱到不堪一击的保护膜。那个时候的他突然发现，隔层两端的他们其实都伤痕累累、疲惫不堪。

他从家里搬出来，一度对世间的任何事情提不起兴趣，整夜整夜失眠，把自己灌醉。那样昏暗的岁月似乎贯穿了他整个人生，黑暗得看不到尽头。

……

有人抱住了他的腰。

汤妍埋在他的后背，闷闷的声音传进了他的耳朵，她说："周廷尧，你怎么可以这样呢？离开家，不接受苏朵的回心转意，这样的自我惩罚会让你觉得轻松一点吗？就算你还是喜欢苏朵也不要和她在一起好不好？以后我陪你，喝酒陪你，赏月陪你，笑陪着你，哭也陪着你……"

她絮絮叨叨说了很多，说到后来也不记得自己究竟说了些什么。

她心底也有一个洞，那个洞里黑漆漆的只有惶恐，似乎只有不停地说着话、用力抱着这个人的腰，才能让她内心的洞小一点，也让他从自我厌弃的负面情绪中脱离。

不知过了多久，他终于转身用力将她揽进自己的怀里。

将人紧紧抱住的那一刻，周廷尧终于有了再一次活过来的感觉。

几天前，王家的人突然闹上门。那个王太太的行事毫无道理可言，也不知从什么地方打听到了周家当年的事情，字字句句往伤疤上面戳。

周廷尧是了解葛凤淑的，这些年她看似坚强又干练的样子，其实受不得一丁点儿关于大哥的刺激。那是她作为母亲内心永远无法割舍的伤，只要轻轻碰一下，就会化脓流血。

当伤口再一次被撕开，他发现自己唯一能做的，仅仅只是躲起来而已。

他的存在，原本就是一种伤害。

这样的认知，像一把利剑，插在心口的位置整整二十来年。

像回到多年前苏朵刚刚离开的那段时间，看见苏朵，他仿佛看见了那个对生活和情感无能为力的自己，看见造成了如今这一切的自己。

所以从头到尾，他不是没办法原谅苏朵，他无法原谅的，是自己。

撑着胸前姑娘的肩膀把她微微推离，灯光下的她哭得眼睛和鼻子都红红的，她狼狈转头闪躲的模样，在周廷尧的眼里有着令人缱绻的温度。

他心中情绪翻涌，滚烫。

这是他历时多年人生路上盛开的一朵花，初看时毫不起眼，却像是微雨一般润物无声。她带来光，带来阳光和希望。

只是……

“周廷尧，你闭嘴！”他还什么都没说，姑娘已经先一步开口。

她有些气鼓鼓的样子，因为刚刚哭过，声音扬到最高时甚至紧张到有一丝破音。她抓着他胸前的衣服，说：“你刚刚是不是要跟我分手？别说了……我知道，你刚刚的眼神分明就是那个意思！”说到最后，声音中还带着一点哭腔。

其实更多的是紧张。

汤妍知道，他一定想过要放手的。

在黑夜中前行了那么多年的他，背负着伤痛多年依然没有走出来，会因为苏朵的离开而对自己产生怀疑。哪怕他曾经想过永久，但当伤痛又一次出现在眼前的时候，他一定一定想过放开她的手。

周廷尧骤然间就心软了，喉咙里像是哽住了什么东西。他摸摸汤妍的头，不知道该如何表达他的内心，那种因为珍而视之，所以没办法让她因为自己受到伤害的感觉。

他说："和我在一起你需要忍受很多东西，忍受脾气糟糕的我和指不定哪天就发疯的我。汤圆儿，你确定要和这样一个我一直绑在一起吗？你确定……"

"我不管！"汤妍突然大声打断了他，她像个固执的孩子一样用力抱住他，蛮横地、没有道理地，像是本能一样紧紧攥住她认知里最重要的东西。她知道不能松手，因为一旦松手必然失去。

周廷尧大约出去了一个小时，回来的时候已经临近九点。

他提着外卖的盒子，一眼就看到了蜷缩在楼梯口处的汤妍，她把自己的脸埋进膝盖，不知道是不是在哭。

心中有丝丝缕缕的抽痛感，他站在楼梯下面轻声喊："汤圆儿。"

汤妍咻地抬起头，三两步就从楼梯的最上面冲了下来，一下子撞进周廷尧的怀里。

她紧紧吊着他的脖子说："你去哪儿了？怎么这么久？"

他摸了摸她有些冰凉的手臂，皱着眉说："刚刚出门不是跟你说我买吃的去了吗？怎么跑到外面来坐着，连外套也不穿？"

"我以为你跑了，你现在没有手机，我都不知道能去哪里找你。"她说着手上的力度又加重了两分。

周廷尧拍了拍她的背无奈解释："这个点吃饭的人有些多，等得久了一些。"然后搂着她的腰继续说，"走吧，先进去，等下感冒了。"

这套房子其实是周廷尧当初从家里出来之后租的第一套房子，这么多年过去，他一直续租着也没退，偶尔会过来住几天。

外卖点得多吃得少，汤妍用筷子戳着饭盒里的米粒没什么胃口。

周廷尧倒是吃了一些，他身上的黑色外套有些皱，气色看上去还行，但是身形在短短的几天时间里消瘦不少。

她就这样看着他，怔怔着不出声，然后就听见周廷尧叹息了一声。

她手上的动作一滞，就见他转过头突然说："你这样一直盯着我，我会很有压力的，汤圆儿，放心，我不会走的。"语气里有无可奈何的味道。

汤妍脸色一红，连忙低下头，两秒之后又突然抬起来，坚定地看着他说："不！我决定了，从现在开始我要每分每秒都盯着你，下次你要再一声不吭就玩消失的话……"说到这里她顿了一下，继而沉默，她想如果他铁了心要躲开，她也不可能拿他怎么办。

她惶惑的眼神像一张布满密密麻麻细针的网，刺得周廷尧心口发胀。他放下手上的碗筷，把人拉进自己的怀里。

"下次再打不通我电话的时候，那一定证明我就在你身后。"

把人困在方寸之间，扔下心中所有的怀疑和不确定，他终究还是给出承诺。

两天后，周廷尧退租了老房子。

汤妍决定和周廷尧一起把那栋两层楼房重新布置一遍。从市场买回家电，换上清新色的窗帘和红色靠枕，并没有什么设计讲究，却让整个空间多了家的味道。

每天傍晚倚栏而立，看落日鎏金，看归雁穿林。

汤妍在客厅里，将新鲜的茶花叶一片片竖立着堆叠成天然构架，大朵的白色铁线莲和大丽菊从中探出笑脸。她做得很认真，偶尔会和旁边忙碌着的周廷尧搭上一两句话。

门铃响起来的时候，是汤妍去开的门。

“请问是周廷尧先生的家吗？”是家具城的工作人员，身后的好几个人抬着一张很大的棕色床，和家里原木色的装修比较搭。

“谁啊？”周廷尧跟在后面问。

汤妍示意外面的人进来，才对着周廷尧眨眨眼说：“算是惊喜吧。”

周廷尧挑眉：“一张床？”

汤妍反问：“有问题？你知道人生有三分之一的时间是在床上度过的，睡眠不足会带来许多身心的伤害：思考能力下降、警觉力与判断力削弱、免疫功能失调等，为避免我将拥有一个残败身体的男朋友，我决定从给你买一张好床开始做起，快感谢我吧。”

她一脸小得意的表情看着周廷尧。

旁边传来笑声，估计是人家工作人员觉得小情侣之间的对话很有意思。

汤妍瞬间一脸尴尬。周廷尧笑着拂了拂汤妍的头发，转身指挥着人把床放到楼上的房间里。

汤妍躲到厨房泡茶。

周廷尧不知什么时候进来的，从身后伸出手将她困在橱台上。感受到头顶传来他的呼吸，清新又温暖，汤妍浑身僵硬，他感觉到对方将下巴磕在她的头顶上，轻轻说：“谢谢。”

“谢谢就不用了。”汤妍转过头，“收拾的时候我已经把你那个阁楼给弄成杂物间了，还有，我扔掉了你柜子里的安眠药。警告你啊，再吃安眠药跟你没完。”

在重新布置房子之前，汤妍曾问过他为什么睡阁楼，他说在狭小的空间里睡眠质量会好一些，即使这样，很多时候，他依然需要大量安眠药来辅助睡眠。

汤妍还记得以前也问过他，那个时候他是怎么说的？有利于收集创作灵感？

知道事实的汤妍除了生气，心里又有些不是滋味，她查了长时间服用安眠药的后遗症，结果被网上的各种说法吓得手脚冰凉。失眠症原本不是一朝一夕的事情，她立马决定之前的那个中药一定要盯着他坚持服用，直到逐渐改善为止。

周廷尧圈住她，把刚刚泡好的茶杯放到一旁，靠近她的耳边说：“你都买床了，不考虑搬过来？有你在哪还有什么失眠的问题。”

明知他开玩笑，汤妍还是涨红着一张脸，反手给了他一记手拐。

挣开他的怀抱，汤妍瞪眼说：“你想得倒美，你以前那些莺莺燕燕我都没找你算账，少占我便宜！”

她到现在还始终记得苏朵找她的时候所说的那些话。一想到这个，她就越发生气了，气鼓鼓地不愿理他。

周廷尧戳了戳她的脸，笑得有些无奈。他说：“没有什么其他人，都是些夸大其词的表面应酬而已。”

汤妍哼了一声，然后认真地望着他：“周廷尧，其实我特别小气来着。嫉妒陪你走过青葱年月的苏朵，嫉妒在你身边停留过的每一个姑娘，也很遗憾没能参与你之前的那么多的经历和岁月。如果你以后发现我特别不可理喻、斤斤计较，你还会喜欢我吗？”

周廷尧看着她没有说话。

汤妍惴惴的，不知他的表情到底是什么意思。

就在这个时候周廷尧新买的手机响了，他拿出来看了一眼并没有接，反而再次把视线移到了汤妍的脸上，他低下头盯着她的眼睛缓缓说了一句："除了你，我谁都不想要。"

等到送床的工作人员离开的时候，汤妍那种心怦怦跳的感觉依然未能平息。

除了你，我谁都不想要。

他说话时的语气、神情仿佛还在眼前，而这个搅乱她心绪的罪魁祸首结束了一个长达半小时的工作电话，正推开门走出来。

周廷尧看到汤妍闪躲的目光不禁失笑，揉了揉她的发顶，问道："明天要和我一起去看看我哥吗？"

惊讶之余，汤妍猛地回头看他。他站在门口的位置，手还撑在门把手上，像是问明天的天气如何一样平常。

见她反应如此大，他笑笑补充："不是忌日，只是想去看看而已。"

汤妍立马点头："去。"

车子驶过盘山公路，深秋的清晨雾气还没有散尽，大片红色的树叶在林间摇曳生姿。远处山脚的稻田遍地金黄，时光悠扬恬静。

到地点的时候已经是早上九点。

墓碑上照片里的人很年轻，笑容很是温和内敛。把手中的白菊放在墓前，汤妍看着照片里的人说："大哥和你真像。"

周廷尧就站在她后面一步远的距离，听到这话微微弯了弯嘴角：“我们三兄弟长得都挺像的，其实二哥和大哥的性格更像一些，有时间介绍你们认识。”

汤妍点头。

他们在那里待了将近一个小时的时间，周廷尧说了很多小时候的事情。看着身侧青年清俊的侧脸，汤妍知道，那个周家小儿子嚣张跋扈的年少岁月早已经一去不返。他不知是经过了多少个四季春秋，多少自我怀疑又不断重塑自我的修复过程，才能以如今这个样子出现在她的面前。

汤妍曾经看过一部偶像剧，剧中的女主角说了一个意味深长的故事——

有一天身子问心：我要是痛了，医生会给我治；你痛了，谁来给你治啊？

心说：我只能自己给自己治。

也许就因为这样，每个人都有一个治疗心中伤痛的方法。喝酒、唱歌、发火、或哭、或笑、跟朋友诉苦、去旅行、跑马拉松，最差的一种方法是逃避这种心痛。

当连逃避都做不到的时候，她希望，起码能陪在他的身边。

临下山的时候，汤妍在路口的石阶处等他。

他沉默地垂首站在墓碑前，因为隔得较远，只能看到那抹沉寂的身影挺拔地立在山顶。风掀起他黑色风衣的一角，他絮声低语，面色安宁。

周廷尧牵着汤妍的手从山顶往下走。

午后的阳光没有夏季那般炙热，从树枝缝隙中洒下点点斑驳的光影。他们没有过多的交谈，无声的默契在周围流转。

下山后在山脚的小饭馆里点了一些吃的，隔壁桌有几个人高声谈论着什么，其中一人说：“你今天还要回市里？我看难。”

“怎么了？”有人问。

“离这里一公里的域侠道那条路发生了连环车祸，来了很多警察和记者，整个交通全给封了。我看你今天是走不了了。”

听到这里，汤妍夹菜的动作一顿，抬头去看周廷尧，迟疑地问：“那条道好像是到市里的必经路吧？我们怎么办？”

周廷尧给汤妍面前的小碗里添了两勺鲫鱼汤，神色不变道：“走不了就明天再回。”

城北郊外相对来说比较荒凉，少有店铺和人家。他们大约走了半个小时才找到一家小旅馆，住宿费相对城市来说很便宜，里面也还算干净。

旅馆后面是大片空地，栽种着木槿树。因为已经过了花开正盛的季节，只有少数枝头还有三两枚红色的花朵。

周廷尧替她打开门时嘱咐：“半夜记得关好门窗，有人敲门要问清是谁再开门。”

“你不住吗？”汤妍惊讶地问。

周廷尧睨了她一眼，拎着手里的钥匙似笑非笑：“我开了两个单人间，怎么，你以为要和我住？还是说……你想和我住？”

汤妍神色一囧，继而整个脸颊和耳朵蹿红。

刚刚开房的时候一直到处打量去了，根本就没有注意他开了几间。她暗自懊恼自己说话不经大脑，逃也似的跳进屋里，“嘭”的一声关上了门。

门外的周廷尧倏然失笑。

一个小时后，旅馆老板带着周廷尧敲开汤妍的门。

“抱歉啊，今天路堵了，我这小旅馆一下子人员爆满。新住进来的这一群人还都是来这边爬山的大学生，你们是情侣吧？看看能不能将就一晚？”

见周廷尧一脸严肃的样子，汤妍觉得这时候她要是矫情地拒绝也显得很糟糕。他们俩一起来到前台重新办理入住。

柜台旁十来个青葱的少男少女，他们叽叽喳喳地抱怨交谈着。

汤妍没好意思看周廷尧，只是对还在不断解释和抱歉的老板轻轻点了点头。

“哇！”旁边传来女生的惊呼。

她是这群大学生里非常显眼的存在，夸张的红唇和耳饰，天气已经很凉了还穿着薄薄的纱质外套和牛仔短裤。她自来熟地攀上了汤妍的肩膀，冲着周廷尧的方向扬了扬下巴说：“我说，你男朋友这么帅，好不容易困在这么个地方还分开睡，你不觉得吃亏？”

汤妍霎时一僵，脸色殷红。

她窘迫地看了看周廷尧，他在填写什么，一只手插在黑色风衣的口袋里，另一只手肘轻轻搭在上面，修长的指尖有节奏地敲击着柜台。仅仅露出的侧脸，已是让人心动不已的沉静。

“啧啧啧——”身边的女生语气里满是揶揄。

女生附在汤妍的耳边说："是你追的他吧？这样的极品可得看牢了，该出手时就得出手，太矜持小心被人给抢走哦。"

汤妍还不曾作何反应，女生就被那群人中的一个男生给拉走了，走的时候还不忘回头冲汤妍眨眨眼。

"发什么愣呢？"周廷尧不知什么时候走过来的，一只手覆上了汤妍的额头。

汤妍回过神，脸色赧然。

她抓住放在自己额头的周廷尧的手，看着那个女生离开的背影靠近周廷尧问："看到那个女生没有？是不是你以前会喜欢的类型？"

周廷尧被她莫名其妙的问题问得顿了两秒，看了看已经消失在走廊尽头的身影，再看看身侧望着自己的眼睛，只得实事求是地说："没看清。"

汤妍："……"

周廷尧把自己的黑色背包放在房间的椅子上，摘下手腕上的手表放在梳妆台，视线却一直落在一路沉默的汤妍身上。

果然，汤妍还是沉不住气。她坐在床沿不死心地问："那……你对那种热情奔放、开朗、比较大胆和主动的女生印象如何？"

“为什么这么问？”周廷尧挑眉。

“感觉这样的女生和你很搭嘛。”

周廷尧脸上挂着一丝笑不回答，挽着衣袖去了洗手间，汤妍也跟在他的屁股后面。

周廷尧洗完手的时候，汤妍正扒在门上看着他。

他用未曾擦干的手戳了戳她的额头，好笑地说：“不用了，你已经够絮叨的了。”

汤妍鼓起脸。

周廷尧把手轻压在她的头顶，眼睛微微眯了眯。

“汤圆儿。”叫完之后，他停顿了许久。

汤妍正紧张着，就听见他继续低沉着声音说：“你这一晚上究竟想干什么？”完了还暧昧地擦了擦她的嘴角。

汤圆顿时尴尬得无言以对：“呵呵呵……”

没有拉上窗帘的玻璃窗口能看见满天繁星，小姑娘还在嘀嘀咕咕，似乎对自己刚刚认怂的表现非常不满，急于说点儿什么来化解自己的窘迫。

周廷尧坐在旁边，隔着被子拍了拍她的后背：“别闹了，快点睡。”

“你呢？”汤妍抓着被角问他。

周廷尧笑：“放心，等会儿我会再找老板拿床被子……”正说着的时候，他放在旁边桌上的手机突然振动起来。

汤妍撑着手肘半坐起来。

“喂……明天一早？我应该来不及……好，我会记得的。”

周廷尧挂了电话的时候，汤妍睁着眼睛问：“谁啊？是有什么事吗？”

“我二哥，说妈明天一早出院。”

汤妍担忧地看着他，见周廷尧很平静的样子，她试探着问：“我们要不要连夜赶回去？应该来得及的。”

“不用。”周廷尧示意她躺下，拿出背包里的充电器给手机充上电，“路未必通了，而且爸他们都在，不用那么赶。”

汤妍没有说话。

他母亲住院的那些天他基本每天都会去医院探望的，只是从来不进病房。至于周廷尧的母亲葛凤淑，汤妍也见过两次，虽然强势了些，但也不像是不讲道理的人。

看着周廷尧，汤妍有点替他难过。

二十多年根深蒂固堆积的隔阂，像一座冰山一样横在他和家人中间。她难过的，是他独自蹚着这条暗河走了很多年，家人每一次的小心翼翼都如同河流中的暗礁和漩涡，让他举步维艰，浑身湿透。

明明是互相在乎，因为在乎又彼此伤害。

直至走到今天，都没有人知道这条暗河终究流向何方。

一夜平静，相安无事。

第九章

DIJIUZHANG

征服婆婆

宋晓柳的婚礼，定在 12 月底。

这个冬天承载着一年的收获，蕴蓄着未来的期许。

宋晓柳找到了人生中那把重要的钥匙，组合成了家的形状。在初雪的日子，非拉着汤妍陪她试婚纱。

她一边任由工作人员化妆，一边和旁边的汤妍吐槽：“我跟你说，和他们家人一起吃饭的时候那阵仗简直是吓到我了，七大姑八大姨全围了上来，我感觉自己就跟那大戏园子的猴子似的。”

汤妍笑着："那以后真是有得你受的，估计头一年就得催着你要孩子。"

"我拒绝！"宋晓柳抱怨，"二人世界才刚刚开始，怎么能任由一个小魔王来破坏呢？不管怎么说，起码要三年后再考虑。"

她滔滔不绝，眼里都能窥见幸福的样子。

化到一半的时候，宋晓柳催她："哎，你快去试试那套伴娘服啊，我特地给你挑的。"

"那么着急干什么，反正都是我的尺寸，应该不会有大问题。"

职业关系，加上宋晓柳又跟家人差不多，她点名说结婚当天的现场花艺设计要汤妍一手包办，务必要给她一场毕生难忘的婚礼。

汤妍自然满口答应。

结果现在还得兼任伴娘，她都不知道自己到时候在现场得忙成什么样子。

等到宋晓柳的婚纱都定下来了，汤妍才不慌不忙地去试了自己的衣服。

粉白色的丝质长裙，有一个小露香肩的设计，整体非常贴合整个曲线。造型师将汤妍的长发做了个大卷，两侧的一绺发丝盘至脑后，温婉中多了些优雅。

宋晓柳在一旁叹气："你说我为什么要让你当我的伴娘啊，瞧瞧你这白得发光的肌肤，掐得出水的脸蛋。我说，你这段时间是不是被周廷尧那家伙养得太好啊，婚礼当天得抢去我多少风头。"

汤妍斜了她一眼故意笑道："你现在反悔还来得及。"

"不用了。"宋晓柳一边说一边掏出手机坏笑，"这样难得的美色可不能让我一个人欣赏啊。"

等到汤妍察觉的时候，已经来不及阻止了。

此刻在设计部开会的周廷尧，正和下面的人商讨着下一季度的设计主题。

放在手边的手机传来"叮"的一声，他随意拿起来看了一眼，结果动作突然间停顿。

下面的人原本还等着他继续商讨，却迟迟不见自家领导有什么动静。结果等了一会儿，他却突然用左手的食指指尖敲了敲桌面："就到这儿吧，今天先散会。"

大家一脸不明所以地拿着文件出了会议室。

有个男同事悄声八卦："刚刚什么情况？"

“你刚来不知道。”旁边的女孩子接话，“能让老板半途中断会议的除了女朋友还能有谁？真是太令人羡慕了。”

“究竟是个什么样的美女啊，瞧你们一个个服一脸的。”

这话一出口却没有人出声了，隔了半天才有人小声地说：“不能说是特别漂亮的美女吧，就是……让人很舒服的类型。尤其是跟老板站在一起，莫名配一脸有没有？”

有人附和：“对对，就是这种感觉。”

而此时众人谈论的焦点人物正在打电话。

周廷尧放松地靠在椅背上，电话接通的时候他说：“照片看了，很适合你。”

对面半天没有回应，紧接着传来宋晓柳的声音：“汤妍你能不能有点出息啊，接个电话你脸红个什么劲。”

周廷尧无声笑了，说：“试完了先不要走，我等下过来接你们，一起吃饭好不好？”

汤妍轻轻“嗯”了一声。

周廷尧把车开到婚纱店的时候，汤妍裹着白色的羽绒服等在门口，粗线编织的彩色大围巾围住了她整张脸，露出一双黑亮的眼睛。

“怎么在门口？”上了车，周廷尧问她。

汤妍因为车内的暖气舒服得深深叹息了一口气，解释道：“六姐刚刚被开车来的徐正林大哥给接走了，你说主角都走了，我也不好意思一直赖在人家的店里嘛。”

周廷尧替她扯了扯围巾，蹙着眉说：“就你脸皮薄！”

汤妍掀了掀眼皮没搭理他，但是心里那种说不出的满足感如泉涌一般往外溢，身侧这个高大挺拔的背影，会是陪伴自己一生的人吗？

她看不透未来，但是那种愉悦像是地窖里的陈酿一般沉淀出让人心醉的味道。所谓幸福，大约就是这个模样。

接下来半个月的时间，汤妍忙着研究场地和寻找设计思路。

对于周廷尧居然答应了做宋晓柳婚礼的司仪这件事，让汤妍觉得不可思议。

“你居然会答应这种事情？”汤妍问他的时候，他正挽着袖子站在凳子上察看头顶的吊灯，衬衣扎在西裤里，显得身材颀长。

他把换下的小灯泡递给下面的汤妍，挑着眉说：“有问题？”

“我只是好奇而已，你说你一个做珠宝设计的居然跑去主持婚礼，别到时候半路卡壳，那站在台上可就丢脸了。”

周廷尧继续着手上的动作，淡淡说：“你多虑了，学生时代多少老师领导请我主持毕业晚会、校庆等活动我都拒绝了，现在是时候让你见识见识我的能力。”

汤妍翻白眼，她才不信。

从初见开始，她就领教了他要是损起人来究竟有多厉害，但这并不代表他能胜任这样一个需要掌控现场全局、用简短语言营造欢乐祥和气氛的婚礼主持。

这样的担忧，在汤妍忙得天昏地暗的时候，也终于还是被她抛之脑后。

皑皑白雪将室外举办地的树干、树枝都装点成了冰雪一样的洁白颜色，让人仿佛进入梦幻世界，这就是季节带给新人婚礼的礼物。

捧花和桌花采用的娇艳欲滴的红玫瑰盛开在薰衣草和松果之间，再用精心裁剪的丝带、银光闪闪的圣诞树、色彩缤纷的杯蜡、绿叶红花的花环等一一进行装饰设计。

汤妍托着新娘长长的婚纱裙摆，随着新娘缓慢而郑重的步调走过红毯，直到将新娘送到新郎身边。

做花艺师多年，除了一些类似酒店和会场的大型空间花艺，大大小小的婚礼她也设计过不少。但是宋晓柳这一场，和以往任何一场所带来的感动都不一样。

这样的差别，大约就像是婚礼开始之前，有人在现场认出了周廷尧。寒暄的时候有人调侃："廷尧，你这是转行还是改性了，什么时候居然做起了婚礼主持这个行当？"

他看了看新娘的化妆室，轻轻笑了一下说："没有，因为新娘是家人。"

所看过去的那个地方，汤妍正陪着宋晓柳在里面换衣服。

因为是他生命里重要的人所在乎的，所以他也不介意打破常规。所谓爱屋及乌，或许在其他人眼里觉得不可思议，却是他不动声色的妥协和情深。

婚礼进行到一半的时候，汤妍就等在站台的旁边。

自周廷尧开始说话，她所有的注意力都被吸引。舞台中央的他穿着合体的黑色西装，精心打理过的头发显得他整个人神采奕奕。他的主持风格轻松自然，也能恰到好处地带动现场气氛。汤妍甚至怀疑，经过这场婚礼会有人花大价钱请他做专职婚礼主持。

礼仪流程走完，身为伴娘的汤妍跟着新人一桌桌开始敬酒。

宋晓柳趁着间隙凑过来打趣："我现在才发现你男朋友简直是全能型人才呀。"

汤妍还没来得及回答，旁边的新郎徐正林就挤过来接话："你难道不应该夸我独具慧眼吗？"

冷不丁地被塞一口狗粮，汤妍眼神一转，看见周廷尧在舞台旁边和人说话。

她现在终于能想象苏朵所说的二十岁左右的周廷尧的样子，他身处黑夜和白昼的交界处，一面隐藏着无尽的黑暗，人前却张扬耀眼。那个时候的他还没有如今这般收敛低调，属于少年的肆意还能窥见其一二。

"哎哎，新娘不喝那伴娘代喝也是一样的嘛。"

汤妍回过神的时候，才发现自己的面前已经堆了好几杯酒了。

这一桌大多都是以前接触过的客户朋友，有人说："汤妍，当初我们的婚礼也是多亏了你，今天这杯酒你一定得喝！"

大家起哄的时候，汤妍说什么也没有人理。

她酒量不算好，何况今天已经喝了不少。

有些无奈的时候，身旁的人伸来一只手说："欺负女孩子有点不地道啊，这杯酒我代喝吧。"

是徐正林的伴郎，似乎是他的一个堂弟来着。

"哇，英雄救美啊！"又有人开始调笑。

本来像婚礼这种场合，除了新人，伴娘和伴郎算是比较容易引起其他人注意的人。可汤妍想说，她和那个伴郎说过的话加起来还不超过五句，你们瞎起什么哄啊。

她去看那个伴郎，有些清秀斯文的男子冲她莞尔一笑。

汤妍："……"

就在这尴尬的时候，有人攀上了她的肩膀。

"感冒刚好，怎么还喝这么多酒？"周廷尧语气很亲昵，听着像是对汤妍说的，但是音量也足够身边这一圈人听见了。

汤妍疑惑，她感冒了？她自己怎么不知道……

不理会自家那不解人情的女朋友，周廷尧话锋一转，直起身端着酒杯对新郎徐正林说："我今天还没来得及敬你一杯，我看你这脸不红气不喘的，不醉不归啊今天。"

大家一听这话才发现新郎眼神清明，丝毫不见醉态。这下热闹了，酒杯全堵了上来："就是！就是！今天一定要把你给灌趴下！"

徐正林苦笑，他真的只是喝酒不上脸而已啊。

……

宋晓柳给新郎挡酒不成，差点把自己给搭进去，好不容易在徐正林的帮助下脱身，正准备找汤妍吐槽她男朋友的阴险，却发现那两人已经趁大家起哄新郎的时候悄悄离开。从他们的角度看过去，除了汤妍的一片裙摆，也就只能看见令人艳羡的相拥姿态。

果然，旁边一直关注着汤妍的那个伴郎，神色失落。

汤妍靠在周廷尧的怀里难得有片刻放松下来。

她有些晕乎地问：“你流程走完了没？”

周廷尧点头，揽着她肩膀的手紧了紧。

“醉了？”他轻声问。

“没有。”汤妍闭着眼摇头，咕哝着，“结个婚也太累了，站了一天不说，还不停地喝酒，我脸都快笑僵了。”说完还状似同情地加了一句，“六姐估计累得够呛。”

周廷尧伸出手揉了揉她柔软的脸颊，半抱着她说：“你先去休息室睡一下吧，后面也没什么特别重要的事情，时间到了我叫你。”

汤妍原本想拒绝，无奈他的怀抱太舒服，陷进沙发的时候就更不想起来了。也许是太疲倦，也许是酒意上来，不一会儿她就迷蒙着睁不开双眼。

周廷尧蹲在沙发前，看着心尖上的姑娘沉沉睡去弯了弯嘴角。

里面的暖气很足，描着淡妆的姑娘脸颊有些微红，像是熟透的苹果，又带着秋末的温热。周廷尧的心越发柔软，想到刚刚那个伴郎的视线又有了想把人藏起来的冲动。

“汤圆儿，好梦。”他吻上她的眼角。

葛凤淑的助理找上门的时候，正是宋晓柳的婚礼刚过去一周。

汤妍正在花艺工作室里忙碌着，圣诞节刚过去不久，从纯洁的白色与热烈的红色中抽取冬季圣诞花艺流行色，暖色的花艺设计给古木带来生命的气息。

助理是位面容严肃打扮古板的中年妇女，一进来那脸色和眼色都十分不好，严肃中透着丝丝蔑视，她找到汤妍，推过去一张薄薄的纸，语气中带着轻蔑：“汤妍小姐，这是葛总给你的。我想不需要我解释太多，你应该明白她的言下之意。”

质朴的木质桌面衬得白色支票有些刺眼，汤妍盯着支票默默数了下上面的零，忽然莞尔一笑："放这儿吧，我收下了。"

助理明显被汤妍的态度给弄蒙了，这些年她待在葛凤淑的身边，尤其是前几年，周廷尧身边什么圈子里的女人都有，她暗地里用这样的方式打发过不少贴到他身边的人。

收到支票后什么反应的人都有，有觉得自己被侮辱了说千金不换的，有一怒之下动手泼咖啡的，甚至也还有讨价还价的……最终还不是被多加的零给打发了。

这个叫汤妍的，的确出乎意料。

助理有点尴尬地轻咳几声，把话直接挑明："周家对你也没什么恶意。只是周家并非普通人家，周太太和周先生当年的结合也算是世族大家里的一段佳话。这周太太对门第看得很重，你能就此打住是最好不过的。"

汤妍呵呵笑了两声，说："我也不曾想过，像我这样的平凡人也会有被人用支票打发的一天。"

她站起身，用毛巾擦了一下沾上花泥的手，继续说："支票我收了，你记得回去转告伯母，这就当作是我作为周廷尧女朋友，伯母送给我的见面礼好了。"

助理："……"

下午的时候突然下起了雪，雪花纷纷扬扬地散落，撩起了年末寒冷的风。

汤妍关了花艺工作室的门，带上伞去找周廷尧。

刚进去前台的小琪就迎了上来，她正疑惑今天小琪看见自己怎么这么开心，就听小琪说："妍妍姐你来得正是时候，老板今天刚和设计部的人大发脾气。"

"他砸东西了？"汤妍条件反射就问了这一句。

看到对方眼中的震惊她还没来得及解释，就听小琪喃喃："天啊，老板对你生气的时候会对着你砸东西吗？"

汤妍："……"

细细回想起来，他真的没怎么在自己面前发过脾气吧。之所以这样问，只是她记得刚认识那会儿，他心情不好砸过手机。

打断了这个话题，她问："设计部那边是出了什么纰漏吗？"

"嗯。我们公司的创意被泄露了，听说好像是设计部那边的人出的问题。"

汤妍点头表示知道了。

她去了周廷尧的办公室，隔着玻璃门看见了正伏案工作的他。深木色的办公桌前放着两盆绿萝，他低着头，眼神专注认真。

珠宝设计师和一个珠宝品牌创建人的身份终究是大不一样，他需要管理更多的人，承担更多的责任和风险，面对更多的揣测和考验。

汤妍敲响了办公室的门。

周廷尧抬起头，看见汤妍的瞬间眼神瞬间柔和下来。他从办公桌后面绕出来，接过她手上的伞说：“今天怎么想起过来了？”

汤妍指了指他的手：“给你送伞啊。”

他看看窗外，有零碎雪花飘落，不禁失笑：“下雪又不是下雨，哪用得着打伞。”

汤妍在沙发上坐下，问他：“我刚刚听说你在公司大发脾气了？”

“没事，已经解决了。发脾气只是为了给他们一点提醒而已。”周廷尧坐在她身边这样解释。

汤妍点头，这点儿道理她还是懂的。

然后她又有些好奇地凑近他问：“你对他们发脾气是什么样子？拍桌子？怒吼？还是全程低气压？”

“你想要感受一下？”周廷尧冲着她扬眉。

汤妍连忙摆手道：“谢了，小女子讨教不起。”

接下来的几个小时，周廷尧继续忙着手头上的工作，汤妍则找了两本书窝在他旁边的沙发上看，都是关于设计的，她还算看得认真。其实作为女性喜欢的花艺也好，珠宝也好，都有相通的地方。只是对珠宝制作来说，从设计到成品，程序相对复杂，需要更多支撑。

而喜欢一个人的感受，大约是只要接触和你有关的一切，都让人觉得是件幸福的事情。

他确实很忙，窝在一边的汤妍看他打电话处理各种事情，看他敛眉审核签署文件，看他一遍遍对设计做批注修改。

他们这样相处的机会并不多，所以汤妍觉得这些时光格外美好，这样阴冷的下雪天也因为他而变得柔软温暖。

临下班的时候，汤妍拿着他的杯子去了茶水间，听见有人议论：“今天在老板办公室的那个就是老板女朋友吧？”

“对啊，我刚刚进去送文件的时候还看到老板给她盖毯子呢。”

心里默默叹了口气，她悄悄退了回来。

回到办公室的时候，她原本还想笑着和周廷尧谈论说茶水间有女同事在讨论你的八卦呢，结果发现他站在窗边，面对她的脸色明显不是太温和。

他问她：“我妈找过你？”

汤妍："……"

黄昏的雪，深切切的，好似有千丝万缕的情绪似的，又像海水一般汹涌，能够淹没一切，还有一丝揭开藏头露尾的裸露感。

汤妍关上了门说："没有啊，是你妈妈的助理吧，好像姓李。"

她随意的态度让周廷尧一怔，继而追问："那为什么不告诉我？"

"哦！"汤妍一副恍然大悟的表情说，"原本今天是想和你提一下的，但是我这不是一来就听说你今天和设计部发脾气嘛，结果就给忘了。"

汤妍说这话的时候，其实内心是有点儿忐忑的。

按照她的计划这件事情能不说就不说，毕竟他母亲刚刚出院不久，而且她原本也不会因为这样的事情真的对这段感情就此放手，不知他到底是怎么知道的?

汤妍走上前抱怨似的说："可是你妈妈那个助理一点也没有眼力见儿，一点都没看出来我对那个数字还比较满意，最后走的时候居然把支票给拿回去了。"她抓住周廷尧的衣袖抬头撒娇，"周廷尧我感觉我亏了，那上面好多个零呢。"

周廷尧瞅着揪着自己袖子的白嫩指尖，被她这种不按常理出牌的小性子给激得内心一片柔软。他在电话里就知道了她故意曲解那张支票的用意，现在他也明白了她对这段感情的认真，他柔下声音，故意说：“哦？你觉得亏了？那你觉得需要什么才能补偿你？”

汤妍居然真的开始算了起来：“也不用多少吧，你按原数字再给我一张支票就行了。对了，你要是还觉得过意不去，给点儿利息什么的也是可以的。”

这小家伙还蹬鼻子上脸了！

她戳着他的胸口道：“现在像我这样百里挑一的好姑娘可已经少有了，周廷尧，你要珍惜知不知道？”

周廷尧笑出声，低沉的笑声引发胸腔震动。

“好。”

这样百里挑一的好姑娘，他怎么会体会不到，怎么舍得不去珍惜？当天晚上两人还一起去了一家有名的私房菜馆里吃了晚餐，味道正宗地道。汤妍看着周廷尧一如既往的神色总算松了口气，她这知情不报的罪名算是就此揭过去了。

汤妍不知道，她以为就此翻篇的事情，在周廷尧这里，不会轻易过去。

第二天一早，他便回了周家。

几十年如一日的周家老宅并没有什么变化，大门前的石阶因为昨晚一场细雪而铺上了一层薄薄的白。

踏进院子，陶师傅正穿着白色的高弹麻衣服在草坪上练太极。

周廷尧打了招呼，陶师傅便停下动作把他招呼到身边问："最近忙什么呢？三五不着家地上哪儿鬼混去了？"

周廷尧无奈，他这么大了总不至于还是陶师傅印象中那个顽劣的小孩子。

他说："最近工作比较忙。"

"我还不知道你！"陶师傅瞪他，"自从你妈住院起你就不见了人影，我可告诉你，你逃得了一时逃不了一辈子。"

周廷尧没有回答，转眼的时候就见着父亲从房门里出来了。

父子俩对视上的一刻，皆是一怔。

"什么时候回来的？"周定安背着手踱步过来问。

"刚刚。"

周定安看着比自己高了半个头的儿子平静地点点头："外面天冷，既然回来了就在家里吃早餐。"

这是父子俩多年一贯的相处模式，刻板得有些生疏。

周廷尧点头说好。

正要转身走开的时候，周定安叫住他，停顿了一下说：“这眼看快要到年尾了，没事就别老往外跑。”

周廷尧还没回话，陶师傅便插嘴：“瞧瞧你说的什么话？这么生硬干什么？说一句你想你儿子了，是会被咬一口还是会掉一块肉啊！”

周定安瞪了他一眼：“你成天除了和我作对就不能干点儿别的？”

两位都是早已经年过半百的人，这如今待在一处了，争论不休的时候依然和年轻时一模一样，谁也不肯先退半步。

周廷尧笑了一下，随口应了父亲一句。

陶师傅随即便问：“妍丫头最近怎么样？什么时候带来我见见？”

“挺好的，还时常念叨您。”说到这里，周廷尧看了一眼站在旁边的父亲，继续和陶师傅说，“就今年过年吧，带她来正式见见。”

“嗯。”陶师傅总算满意地点了点头。

周廷尧提着公文包，稳步穿过院子的深木色长廊，身后还传来陶师傅大声嚷嚷的声音：“现在问我那丫头是谁？你就不能自己去问问？你整天除了你的银雕就不能关心关心孩子的感情生活？”

……

周廷尧的房间在二楼，时间不早了，院子里逐渐热闹起来。

周定安的学徒不少，周家的大宅除了大儿子最先出事的那几年很少真正冷清下来。加上今年听说陶师傅回来，那些曾经受教于陶师傅门下的人竟也早早登门拜访。

而周家女主人一向很少会客。

换了身居家的衣服，周廷尧去找她。

周母应该在忙工作，电话会议总是不断，隔着房门都能听见她吩咐助理报备一天的行程表的声音。

“咚咚咚——”他敲响房门。

“廷尧？”穿着短西装一副要出门打扮的周母葛凤淑惊讶地挂了电话，看着门口的儿子先是怔了一下，继而开始皱眉，“还知道要回来？”

周廷尧没接话茬，反而看着她盘好的头发里那丝丝银白说：“您刚出院，公司的事情就先不要忙了。”在他的记忆中，葛凤淑真正开始一心扑在事业上正是在大哥出事后。这一做，就坚持了这么些年。

葛凤淑因为他的话顿了一下，作为母亲，她不可谓不失败。那个时候周廷尧才多大？无论是那几年的关心，还是在母子间的相处方式上，直到如今，她都没有找到合适的方式。

她曾不止一次庆幸，哪怕经历过伤痛，他们也没有走到不可挽回的地步。

这个儿子，其实最是能洞察人心。

“你今天特地回来，就是为了那个叫汤妍的女孩子？”她直奔主题。

“是。”

“我昨天之所以让人特地打电话告诉你，就是希望你能明白她是个什么样的人。你听听她说的话，那分明是赖定了你！”葛凤淑越说越来气，“以你的身份家世，什么样优秀的女孩子没有……”

“妈！”周廷尧打断她，“她是什么样的人，我比您清楚。以前那些就不说了，本就是些无关紧要的人，我希望这样的事情不会再发生。”

这话彻底惹恼了葛凤淑，她噌地从桌子后立了起来，看着早已经比自己高了很多的儿子那一脸的平静，而正是因为这种平静才让她感到心慌。她恨铁不成钢：“你是个什么家世？她又是个什么家世？她如何配得上你？”

周廷尧突然笑起来，笑里带着一丝沉痛，他看着母亲说：“您不明白吗？要说配不上的人明明是我才对，她一个家世清清白白的女孩子，可我呢？我不过是个杀人凶手，我又有什么资格……”

又有什么资格让她紧抓着自己不放呢？

“啪！”葛凤淑一个巴掌打在了周廷尧的脸上。

“混账！”葛凤淑尖锐的声音里带着凄厉，已经垂下的双手微微颤抖，“我不许你这么说！”

此时门外传来了响动，不知何时周定安站在了门口。逆光中，周廷尧看不清父亲的神色，但他久久未动。

这么些年，他们一家人从来没有真正坐下来聊过一次。母亲的逃避，父亲的寡言，造就了从七岁开始就习惯对他们沉默的周廷尧。

周廷尧脸上渐渐泛起的鲜红五指印让葛凤淑有丝慌乱，她慌张地想要弥补什么，扯住儿子的手说：“廷尧，妈妈不会害你的。像汤妍那样的女孩子哪儿找不着，你不是喜欢珠宝设计吗？我以后再也不管你了，你想做什么都可以，妈妈可以给你物色更优秀的……”

“妈！”周廷尧伸出手把母亲揽进了怀里，他安抚地拍了拍母亲的后背，低声说，“妈，抱歉，什么都可以，唯独她不行。”

旭日东升，远处天边升起的朝阳一扫冬季的阴寒。窗外树枝上的雪簌簌落下，隐约能听见楼下会客厅中访客和陶师傅寒暄的声音。

在踏出书房门的时候，周廷尧突然停了下来：“爸、妈，关于大哥……对不起。”

整整二十多年，一句对不起如鲠在喉。

葛凤淑骤然间落泪，她往前跨了两步，想说什么终究还是没有说出口。

是他们欠了这个孩子，从始至终。

周定安站在门口拍了拍儿子的肩膀，叹息一声：“你妈那眼光可不见得有多好，陶师傅都说不错，你下次回来记得把她一起带来看看。”

周廷尧沉默地点了点头。

对于周廷尧来说，汤妍像是在漠漠黄沙中的绿洲，悬崖深渊中的绳索，冰川河流里的沙滩。曾经杂草丛生、贫瘠荒凉的岁月，因为她而遍地生花。

那一刻，忘却了所有，只剩她像转经途中的灯塔。

即使翻越十万大山，他也只是想要执她之手而已。

“周廷尧，你老实和我说，一天没见你是不是去勾搭哪个小姑娘了？”汤妍一边给他递包了冰块的毛巾，还一边摆出凶神恶煞的逼问表情。

周廷尧接过，却没有回答。他面前的电脑桌面上，是一款珠宝戒指的三维图。

汤妍看他半天不搭理，便伸出手去挡住了电脑屏幕。直到他转头看向自己的时候，她才拿开手说：“你是不是故意不理我的？”

周廷尧笑：“没有。”

汤妍表情垮了下来，坐到周廷尧旁边的椅子上说：“我都猜出来了，你这脸是你妈打的吧？”她就不信，现在除了家人他还能让谁把巴掌扇到自己脸上。

周廷尧的手在汤妍的头顶揉了揉，笑出声：“你的智商看来提高了不少，值得奖励。”

汤妍挥开他的手。

“周廷尧。”她叫他，期期艾艾地说，“我以后要是和你妈吵架，你会站在我这边的，对吗？”

周廷尧慢条斯理地完成了收尾工作，关上电脑，对上她澄澈的眼睛：“帮你可以，下次我妈找你的时候，允许你给我发个求救短信。”

汤妍看着递到自己面前的周廷尧的手机。

黑色硬壳，亮起的屏幕上是一张汤妍从来都没有见过的自己的照片。应该是在花艺工作室外拍的，她侧身而立，手中纤细的波斯菊和小巧的尤加利果搭配毛茸茸的苔藓，阳光下明艳亮丽，在玻璃窗前投下淡淡的剪影。

汤妍的注意力一下子被转移，她挥了挥手机：“你居然趁我不注意偷拍我？”

“挺好看的，不过你该感谢我的拍照技术拯救了你。”

汤妍先是一愣，等反应过来立刻面目狰狞地扑上去掐他的脖子。

……

一周后，汤妍还是和葛凤淑在一家高档咖啡厅会面了。

其实，葛凤淑给她打电话的时候，她并没有觉得意外，只是她没想到葛凤淑会亲自打来电话，语气和善地约她聊聊。

这样单独的面对面，汤妍除了觉得紧张，还有些尴尬。

葛凤淑将目光移到了窗外，汤妍顺着橱窗看过去，隆冬时节街上少有行人，偶有三两个也是裹着深色大衣匆匆而过。

她不自在地换了个坐姿，带着微笑问一直盯着她没有表情的葛凤淑道：“阿姨，您今天找我是有什么事吗？”

那干净年轻的笑容在葛凤淑眼中微微有些扎眼，她拿起盘子里的勺子搅了搅咖啡，淡淡问：“廷尧最近还好吧？”

缓慢的、心平气和的。

这和汤妍预想中将一沓钞票甩在自己脸上，怒斥她别不要脸赶紧离开她儿子……那种狗血遭遇颇为不同，她怔了怔，连忙答："挺好的，就是临近年关工作比较忙。"

葛凤淑点点头。

汤妍抿了抿唇，她完全不知道自己接下来该说什么，只好开始四处打量这个咖啡厅，咖啡厅的整体色调是微黄色，突出石砌的纹路……

"以前我很反对他学珠宝设计，所以对他的工作和生活知之甚少。如果……有什么事情，你可以打这个电话。"葛凤淑说着，将一张白色的名片推到了汤妍面前。

这是汤妍完全没想到的状况，她惊讶道："阿姨……"

"先别激动。"葛凤淑打断她，"我不反对也不代表已经接受，廷尧虽然很坚持，但我并不认为以你们的经历和差异能够走多远，这只是忠告。"

她出身世家，大半生什么样的感情没有见过。世俗的爱情往往以为自己能冲破传统束缚和观念，她见多了这种因为门第的差异而导致的悲剧收尾。她之所以反对，也是出于对儿子的保护。她一直认为，年轻人初遇爱情义无反顾，但是最终爱得有多深到后面伤得就有多惨。

但这一年来，廷尧惊人的变化，她也是默默地看在眼底。那个孩子是她最重的心事，走到今天这一步，她见到了他因为一个人懂得了在乎、学会了倾诉，他开始试着变得更好，为在乎的人长成参天大树。

仅仅是这一点，就足够让身为母亲的她妥协。

“哟，这不是周太太吗？巧啊！”这时旁边传来一个女人的声音。

汤妍转头看去，一眼就认出了两米开外那个穿着褐色皮草的女人，就是当初故意找周廷尧麻烦的王太太，相较于上一次见面，王太太明显憔悴不少。

葛凤淑像是置若罔闻，抿了抿咖啡，优雅地放下杯子后，方才端起一抹笑回道：“王太太，我以为你们王家最近麻烦事比较多，现在看来你倒是挺有闲心的。”

王太太表情立刻变得不那么好看。

汤妍屏着气不敢大声出，这活生生的豪门贵妇斗可真是难得一见。她知道，这个王太太做事没有底线，单就让他母亲进了医院这一点，以周廷尧的脾气，他肯定不会轻易罢手。

果然，王太太阴阳怪气道：“你儿子周廷尧倒是孝顺，一次珠宝买卖的沟通不畅，他竟然有本事以聚众闹事的名义告到警局。”让王家丢尽了脸。

当年周、王两家也算并驾齐驱的银雕大家，可这些年王家日渐败落。她想方设法想要推王家东山再起，却没想到反蚀把米，老公指责她粗鲁、做事没有分寸，闹到最后甚至说忍受了她多年要离婚。所以，一见着周家人，她心底的怨和恨就翻江倒海。

她走到葛凤淑面前，突然奇怪地笑起来：“听说你前段时间住院了？哎呀，都是我这张嘴惹的祸，你说这都……”她嘴上欲言又止，可脸上尽是幸灾乐祸。

“王太太！”汤妍一下子就从座位上站起来打断王太太，担忧地看向葛凤淑，结果刚好撞上葛凤淑的视线，不由得松了口气，还好，她看起来很平静。

王太太立马把注意力转到了汤妍身上。

那张化着浓妆的脸先是不耐，几秒钟后大约认出了她，嗤笑起来：“当初在闹事现场维护周廷尧的人就是你吧。”她看了看桌面上还未收起来的名片，嘲讽道，“我当是什么人？现在看来也不过就是条倒贴周家的狗而已。”

汤妍脸色一僵，长这么大她还没被人这么骂过呢。她正准备出言辩驳，手突然被人握住。

是葛凤淑跟着站了起来，她拉着汤妍对面前的人说：“我刚承认的名正言顺的儿媳妇，不是什么人都可以肆意评价的，王太太。你是不是该考虑道个歉？”

汤妍：“……”

她很汗颜，完全没料到这个发展。但手上的温度，温暖的维护，突然间让她想到了自己的母亲庆佩文。

葛凤淑看了一眼汤妍的表情说：“你记住，我们周家的人是讲道理的。但对于没有教养的人，我们也不必客气。”说到这里话锋转向王太太，“说到倒贴，当年你这个王太太的身份是怎么来的，不用我说吧？”

葛凤淑终究是久经商场，三言两语就将对方说得哑口无言。

王太太一瞬间涨红了脸，嘴巴张了几下，最终还是气咻咻地憋了回去。

就在汤妍还在感慨自己完全无用武之地的时候，意外发生了。

王太太居然失去理智地抢过服务员手中刚泡好的滚烫咖啡，朝着葛凤淑的脸泼了过来……

汤妍条件反射地用手去阻止。

“嘭！”

瓷杯碎裂的声音和邻近几桌客人的尖叫混杂在了一起，手臂上的剧痛传来的时候，汤妍还在庆幸还好自己动作够快，在泼出去的一瞬间提前打翻了咖啡。

周廷尧匆匆赶到医院的时候，汤妍还在处理烫伤。

她今天穿了一件粉白色的毛衣，右边袖子有大片咖啡渍，手肘和手背白皙皮肤上有大片潮红，边缘处起了水泡。大约是因为疼痛，她一直轻轻蹙着眉看护士在细心处理。

在门口守着的葛凤淑最先发现了周廷尧，用眼神示意他出去说。

走廊上。

“您没事吧？”周廷尧问。

葛凤淑脸色严肃道：“我没事，不过汤妍的烫伤我看挺严重的，一杯咖啡大部分都淋在她手上，她穿着薄毛衣，估计全浸进去了。”

周廷尧本就严肃的表情越发难看。来之前他已经了解到了来龙去脉，看了看已经快暗下来的天色，对葛凤淑说：“您先回去吧，我让司机来接您。后面事情我来处理。”

葛凤淑看了近段时间越发老练和成熟的儿子，点点头。

离开的时候，她叫住他：“廷尧……好好照顾她吧。”

周廷尧刚走进去的时候，就听见汤妍问："医生，我这不会留疤吧？"

"处理得当就不会。"医生说。

汤妍原本还苦着脸，下一秒就感受到有一双干燥温暖的手覆在自己头顶。

汤妍一转头看见是周廷尧，先是一惊，条件反射一般小心朝他身后去寻找葛凤淑，然后悄声问："你什么时候来的？阿姨走了吗？"

"走了。"他温声说。

她苍白的脸色立马变得有些可怜兮兮的，对着周廷尧说："还好走了，你妈在这里的时候，我都不敢喊疼。"

周廷尧拉过旁边的凳子坐下，拉着她另一只手说："为什么不敢喊？"

"你说为什么？"汤妍白了他一眼，"你妈妈那么厉害，在她面前我怎么也得强装坚强勇敢一点吧，我哪敢冲着她哭喊叫疼？"

周廷尧捏了捏她的手，眼中除了心疼又有点好笑。

"好了，那你现在喊吧。"

汤妍张张嘴，忸怩了半天龇着牙说："你故意的，这样我根本就喊不出来！”

一旁的医生笑笑，治疗期间还被塞狗粮也是够暖够心塞。

汤妍眨眨眼：“周廷尧，恐怕我以后对咖啡都得有阴影。”

“好，以后家里都不煮咖啡。”

“我才不信，你差不多都拿咖啡当水喝，别以为我不知道。”

“行，那我戒掉。”

……

第十章

DISHIZHANG

因为你在这里

自出了医院汤妍就表现得格外娇气，不断举着自己的胳膊，嘴里抽着冷气。待上了车，周廷尧把大衣细心地盖在她的身上，避开了包扎好的右手，吻了吻她的额头说：“睡会儿吧。”

汤妍安心地闭上眼，下一秒又突然弹起来。

她苦着脸念叨：“我工作怎么办？刚接了个项目，六姐度蜜月也还没有回来。”

“推了。”

汤妍想了想也只能这样，她这个样子能做的估计也就指导指导花艺室的几个姑娘，做大型的项目肯定是不行的。

到家已是晚上。

汤妍拿着外套上了二楼，对身上挥之不去的咖啡味皱皱眉。看了看自己的右手，她苦恼地站在原地半天没有动。

“咚咚咚……”阳台传来敲玻璃的声音。

循声望去，站在外面的周廷尧全身裹着寒气。

汤妍赶紧把他拉进来，皱眉噼里啪啦就训开了：“你有事就不能走正门？这冬天的天台边缘容易打滑，很危险。”

“没事。”周廷尧脱了外套随手扔在沙发上。

他边卷袖子边说：“你的手这段时间注意不要沾到水，有什么需要告诉我。”

汤妍：“……”

她怔怔地站在原地，看着周廷尧进了卫生间，熟练地打水出来。

等汤妍简单地梳洗完被周廷尧拥着靠在沙发上时才回过神来，她盖着毯子，背靠着他的胸膛，能隐约感受他的心跳。

电视里正放着无聊的综艺节目，汤妍有些迷迷蒙蒙地闭上了眼。

周廷尧托着她的手说："还好是冬天不容易感染，明天去医院把纱布拆掉吧，要保持干燥才好得快。"

他的声音很轻，也很低沉，响在耳边的时候甚至像在催眠一样。

汤妍咕哝："拆了就更不方便了。"

"一切有我。"他说。

第二天推开门窗，入目一片银白。

汤妍不太记得周廷尧是什么时候离开的，醒来的时候自己已经在床上了。她上了天台，惊讶地看到两栋楼中间搭了一块跳板。

木制的跳板看上去很结实，不知他从什么地方拆下来的。上面铺着一层薄薄的雪，掩盖了跳板的原木色。有两个通往对面的清晰脚印，说明他刚离去不久。

汤妍一下子就想到了当初刚认识周廷尧的时候。

那时花还未开，一切刚刚开始。

那块板子后来一直没有挪开，周廷尧在汤妍受伤的那段时间习惯性从那个地方过来。汤妍还笑话他："你简直是上天派给我风雨无阻的田螺姑娘嘛。"

说这话的时候，汤妍正窝在沙发上吃石榴。

伤好得差不多了，她低头认真地一颗一颗将石榴籽剥下来放到盘子里。

周廷尧从电脑后面抬起头，看着她认真的小模样有点出神。

汤妍还在继续："你这段时间的表现实在太好了，勤勤恳恳，任劳任怨，我以前都没发现你这么具有煮夫潜质，你说……"

她说到这里的时候，抬头去看周廷尧。

四目相接，周廷尧直视她的目光始终不曾动摇，热烈赤诚又危险，一下子看得汤妍不好意思地挪开视线，她呵呵笑了两声，缩了缩脖子把面前的盘子推过去："犒劳你的。"

一瞬间天旋地转。

汤妍根本就没有看清周廷尧的动作，回过神来的时候他已经把她压倒在了沙发上。

周廷尧眯了眯眼，慢条斯理地拿走了她手上的盘子，用欣赏的目光看着怀里脸颊晕红的心爱的姑娘。

他哑着嗓子说："犒劳我可不是几颗石榴就能打发的。"

那已经游移在腰侧的手让汤妍开始结巴："我……我就是开个玩笑……你……"

下一刻，周廷尧弯着嘴角堵住了她接下来的话……

时间悄然溜走，转眼已经快要过年了，春运再次成为人们关注的焦点。

汤妍今年不像以往早早回了枫原镇，而是难得陪着周廷尧多待了几天，结果时间上刚好撞上最紧张的春运热潮。

火车站里人潮拥挤，汤妍拖着行李箱等着周廷尧取票。

“小姑娘你也回家吗？来这边坐，这边有位置。”不远处一位阿姨招呼着汤妍。那里围坐着很大一群人，大多数人身上都裹着被子，他们来自五湖四海，热火朝天地聊着，抱怨人多，也感慨着回家的喜悦。

汤妍笑笑拒绝了对方的好意，示意她正在等人。

周廷尧往她这边看过来，他穿得不是很厚，脖子上系着一条浅灰色的围巾，高高的个子在这喧闹嘈杂的环境里很显眼。

他取好票走过来。

“辛苦了。”汤妍歪着头笑着对他说。

周廷尧敲了敲她的脑袋，把票放到她的手里才说：“票要收好，火车上人多你又粗心大意。晚上的时候会很冷，让你带的……”

他不断地说着注意事项，汤妍乖乖听着。

其实，一开始周廷尧是让她订机票的，可是只剩头等舱了，赶上春运的那个价格想想都觉得肉疼，所以最后还是在她的坚持下订了火车票。

买不到站台票，当检票的声音传来的时候，汤妍不得不接过他手里的行李箱和他告别。

“路上注意安全。”周廷尧说。

汤妍嘴上应着，脚却一步也没有挪动。

直到这一刻，她终于还是生出些离别的不舍来。一年前的她很难想象，自年初相识，轮了一个四季春秋，生命中会多了这样一份悸动和牵挂。

周廷尧失笑又满意地揉了揉她的头，笑着说：“去吧，等一下要来不及了。”

“周廷尧。”汤妍叫他，闷在围巾里的声音有些含混，像是委屈又有丝生气。

她抬起头来，眼角红红地说：“你就不能抱抱我吗？我都要走了。”

说出口之后眼神闪躲，心中不免唾弃自己这么大了还像个十几岁的小姑娘一样矫情。

人山人海中，周廷尧将人紧紧拥进怀里。

火车站里无时无刻不在上演着相聚和别离，像他们这样的情侣不在少数，所以汤妍也就心安理得地享受着他怀里的温暖。

头顶传来周廷尧的声音，低沉中带着笑意："汤圆儿，我以前怎么没发现你还有这么黏人的属性。"说话的时候，他浅浅的胡楂摩挲着她的头顶。

汤妍立马推开他站直，瞪着眼说："你是在嫌弃我吗？"

"没有。"周廷尧伸出手捏了捏她脸颊的软肉，低声说，"我是在担心自己一旦抱着你就再也不舍得放手。"

眼看着捏在手中的俏脸越来越红，周廷尧怔了怔，不动声色地松开手，他轻声说："抱完了，再不走可能赶不上火车了哦！"

汤妍瞪他一眼，快速扯上围巾遮住脸，红着脸转身混进人群。

看着她的身影一点点远去，过了安检。周廷尧没再往前，将手插进了口袋。手上的触感还没有消散，他突然间有点后悔了，刚刚该讨个吻的。

摇摇头苦笑，过尽千帆，到头来栽在了她的手里。

汤妍回到枫原镇的时候，已经是傍晚。

老家比城里更冷了几分，汤妍缩了缩脖子，行李箱在石板路上发出响动，惊得深巷传来了几声犬吠。

转过街角，发现母亲正等在路口。

“妈，这么冷你怎么出来了？”汤妍笑着三两步跑过去，挽住了母亲的胳膊。

庆佩文摸了摸她冰凉的手背，没好气地说：“让你早点回来你偏不，看看这一路上人多的。还有啊，怎么只穿了三件衣服，你这个是什么外套这么薄……”

“妈，知道了，知道了，我们快进去吧。”汤妍慌忙推着母亲往前走，每年过年回家总是免不了被一通念叨。何况她的衣服明明已经很厚了，走的时候周廷尧还硬拽着她多添了一件来着。

只是大约在母亲心里，她一直都还是个孩子。

到家没过两天便是除夕。

大年三十的晚上，屋子里炭火烧得正旺，电视机里的春晚节目和往年没有多大不同，歌曲小品热闹非凡，街上孩子的嬉闹和鞭炮声不断响起。

汤妍和母亲围着桌子包饺子，庆佩文偶尔还会跟着电视里哼唱两句。汤妍正和母亲说着今年得去拜年的亲戚，结果外面传来了敲门声。

“谁啊？”汤妍问母亲。

庆佩文双手抹了抹围裙，端起饺子说：“你去看看，锅里水开了，我来下锅。”

汤妍便举着一手的面粉去了院子。

“嘎吱”一声，打开门看到周廷尧的那一瞬间，汤妍以为自己出现了幻觉。

他穿着黑色大衣，脖子上搭着一条红色围巾，手中拎着的东西有些多，就那样站在门外看着汤妍弯起嘴角。

“你……”汤妍怔怔着，不知该说什么。

周廷尧往前跨了两步，用额头轻轻撞了一下汤妍的脑袋笑着说：“你脸上有面粉。”

汤妍条件反射地去抹，看到自己手的时候又突然顿住。

她这时才像是突然回过神，激动得伸手搂住了周廷尧的脖子。

“你怎么会来？”她埋首在他脖颈处问。

周廷尧被迫弯腰配合她的拥抱，笑得一脸无奈，想着等会儿一身面粉去见丈母娘是不是太不礼貌。但是，当她在他怀中，什么都不重要了。

他放下手中的礼物，搂住了怀里的姑娘。

身后不远处的天空炸响大朵大朵的烟花，天地为幕，灿烂如火。

“因为你在这里。”他轻声说。

你在，所以我来。

原本怎么过都是这一年，甚至一生，但因为有了你，朝朝暮暮便与众不同。

番外一

FANWAIYI

苏朵

加州的二月，总是被雨水包裹。

苏朵端着红酒杯，怔怔地看着楼下灯红酒绿的繁华都市，放在茶几上的白色手机嗡嗡振动起来，她微微回神。

“Hi，苏医生，记得我吗？”听筒里是男人蹩脚的中文。

苏朵皱眉想了想，因为喝了太多酒而抽痛的脑袋里闪过一个高大的男人形象。一周以前，她刚到加州接手的一位病人闹着要跳楼，恰好是这个警察救了他。

“劳伦斯？”她准确地叫出了对方的名字。

对方似乎有些高兴，声音里带着笑意：“今晚有空吗？请你喝一杯。”

本能地想拒绝，但是看了看空空荡荡的房子，她顿了一下，说：“好啊。”

她到达指定地点的时候，远远就发现了街口处站着的人。

在当初和周廷尧分手的那段时间里，她对陌生人的第一印象总是拿身高来作为比较。周廷尧一米八五，而眼前的这位劳伦斯警官至少超过了一米九，而且身材不错。

他换了便服，笑得很随意。

“上次的事情谢谢你。”这是见面后苏朵说的第一句话。

劳伦斯耸耸肩：“我以为这是我的职责所在。”

即使是这样，作为那位病人的主治医生，病人一旦跳下去，她责无旁贷。

劳伦斯很幽默风趣，当然也很绅士。

他带她去的酒吧人不是特别多，他们坐在偏僻的角落。看着苏朵刚坐下已经接连灌了三杯烈酒下肚，劳伦斯苦笑："嘿，你对我是不是太放心了？"

苏朵的头已经很蒙了，凑过去抓住对方的领口喊周廷尧。

"周廷尧？你喝这么多酒是失恋了？"劳伦斯问。

苏朵不太记得自己后面究竟说了些什么。

只记得说了很多，中英文夹杂着，甚至像个耍酒疯的神经病。

她清楚地知道，即使在选择出国的那一刻她依然没有走出来，但她更清楚，那个人终其一生都不会再属于自己。

她还是选择了放手，只是那样的痛比当年更甚。

第二天清醒的时候，她发现自己躺在陌生的房子里，身上除了内衣裤未着寸缕。

随之而来的是，更深的茫然和空虚。

她笑着想不过是一段感情的逝去，却像是掏空了自己的灵魂。那颗从年少开始就寄存在一个人身上的心，飘飘荡荡，不知吹向了何方。

"咚咚咚——"一阵敲门声响起。

端着牛奶的女士进来的时候，苏朵正裹着被子。她说："小姐你好点了吗？你的衣服都被吐脏拿去干洗了。”

苏朵环顾四周：“劳伦斯……”

“他上班去了，我是在这里工作的保洁人员。”

苏朵并没有觉得意外，反而有些预料之中。

一天的时间都没到，她就再次接到了劳伦斯的电话。

“先说明，我知道乘人之危是犯法的。”电话里的劳伦斯还有心情开玩笑，估计是紧急工作已经处理完善。

苏朵也在回家的路上。

“昨天谢谢你，我是不是干了很多丢脸的事情？”她问。

劳伦斯笑出声：“还算好，不过就是一会儿哭一会儿笑，还非得拉着去舞池里被好几个女人上下其手了半个多小时。”

苏朵：“……”

她都不太记得自己有多长时间没有这么喝酒闹过事了，她从事的医生职业并不是她曾经梦想的职业，但是迅捷高效，不知昼夜。

但走到今天，她依然尊崇这份工作的责任和圣洁。

半天没有听到她的回答，劳伦斯继续说：“虽然收留了你一晚，但我那里可不是避难所，你是不是该表示表示？”

苏朵不爱欠人情，立马说：“请你吃饭。”

就这样有了第二次接触的机会。

苏朵曾经一度认为她很难再会对一个人产生好感，但日复一日的接触和了解，起码她觉得劳伦斯是个很好的人。

半年后的加州温度适宜，繁华依旧。

一个和往常并没有什么区别的夜晚，午夜十一点左右的医院，突然亮起红灯。

苏朵更没有想到，劳伦斯会躺在担架上被人抬进来。

她并非外科医生，看着从他腹部不断涌出的鲜血束手无策。走廊里，苏朵跟在旁边急速奔跑，脚步凌乱，她甚至能感受到自己急促的呼吸和心跳。

“砰！”

急救室的门关上了。

那一刻，她突然发现自己竟然如此害怕和在乎。

一个星期后的下午，阳光从窗台洒进病房，劳伦斯半靠在病床上削着苹果。

苏朵插着口袋走了进来。

劳伦斯手上的动作突然停顿，苏朵剪了短发，齐耳的黑发别到耳后，让她一向清浅的气质陡然间消失了几分，笑起来的时候很动人。

“今天感觉如何？”她问。

劳伦斯笑着说：“一日不见，如隔三秋。我刚学的词语。”

牛头不对马嘴。苏朵想。不过，她什么都没说，何况她并不想打击一个刚刚用肉身挡了子弹的英雄警察。

“苏朵。”劳伦斯突然叫她。

正在旁边倒水的苏朵回过头，看到了原本半躺的人正襟危坐。他说：“我进手术室之前问你的问题，你考虑得怎么样？”

苏朵手上动作一顿，然后缓缓“嗯”了一声。

劳伦斯瞬间怔住。

那个鲜血淋漓的晚上，他在被推进急救室的瞬间拉住她，强撑着问她：“我如果活着出来，算不算毕业？”

从一开始，他就知道自己对这个女人动了心。

用半年的时间耐心去追一个人，了解她的经历和生活。后来才发现何止是自己，他们都是这段新感情的初学者，但是现在，她终于松口给了机会让他顺利毕业。

所以，即使他明明利用了这样一个受伤的契机，也绝对不会承认自己终究还是乘人之危了。

番外二

FANWAIER

最好的幸福

汤妍和周廷尧婚后是住在周家的。

又一年开春时节，清晨最早起来的父亲周定安拦住要出门的汤妍问：“廷尧那小子怎么从昨天开始就不见人影？”

“爸，他去国外出差了，说是有一个大的珠宝合作项目需要商谈，恐怕要两天后才回来。”

“要出差就不能说一声？还有没有把我放在眼里？”周父背着手，低声抱怨着从汤妍旁边走过。

汤妍规矩地站在一边，当什么也没有听见。

握在手中的手机像催命符一样不停地振动，直到出了大门汤妍才接起来。

宋晓柳的声音大得像炮筒一样：“你在干吗呢？半天不接电话！听到没有，你的干儿子已经快把我给弄疯了。”

果然，婴儿的啼哭很清晰地传来。

汤妍哭笑不得，宋晓柳最终还是没能逃过被催生的命运，婚后不过一年，儿子已经呱呱坠地。

汤妍到的时候，孩子居然还在哭。

她连忙把孩子从摇篮里抱起来，对旁边一脸生不如死表情的宋晓柳说：“你也真是的，这样一直放任孩子哭，把嗓子哭坏了怎么办？”

宋晓柳垮着脸说：“我能怎么办，他爹上班去了，我又降不住他，我也很想哭啊。”

汤妍也很无奈，她也并没有什么经验好吗？

两人折腾了半天，浑身解数全用上了，孩子总算是不哭了。

汤妍的头上都冒出细密的汗珠，宋晓柳更是直接瘫在床上，说：“我劝你啊，千万不能那么早要孩子，那简直就是来讨债的。”

汤妍一下子不说话了。

她想起刚认识周廷尧那年，在枫原镇的时候见过他抱孩子。

他应该会是个很好的父亲吧，汤妍想。

宋晓柳的手在她的面前挥了挥，一脸惊吓的表情说：“你不会这么想不开吧？”然后看了看汤妍的肚子，迟疑地问，“你别告诉我……那里已经装了一个了？”

汤妍愣了愣，老实回道：“不知道……我也只是有点……怀疑。”

吓得宋晓柳直接从床上弹了起来。

汤妍被宋晓柳逼迫着去医院做了个检查。

当她拿着那张薄薄的纸，很久才发现自己的手心竟然浸出了密密麻麻的汗。

医生告诉她，孩子快两个月了，很健康。

她在那一瞬间不知道该怎么形容自己的感受，摸了摸小腹的位置，不敢相信这里已经孕育了一个小生命，属于她和周廷尧的孩子。那对生命本能的喜悦和震撼让她想大声尖叫，又想拼命哭泣。

周廷尧回来的时候，是两天后的凌晨。

天还很早，远处的地平线上刚刚泛起鱼肚白。他裹着凉风刚进门，很惊讶地看到了葛凤淑和丈母娘庆佩文在厨房讨论着什么。

他放下包："妈，你什么时候过来的？"

庆佩文拿着汤匙笑着说："就昨天。"

一旁的葛凤淑突然接话说："回来了就去看看你老婆，她这两天不太舒服。"

周廷尧动作一僵，一言不发地转身往楼上走去。

庆佩文和葛凤淑相视一笑。

看着周廷尧三步并作两步冲上楼的高大背影，庆佩文还是放下了从两天前就提着的心。汤妍打来电话说怀孕了的时候，她第一时间问："廷尧呢？"

汤妍说："出差了，我还不知道怎么跟他说。"

所以她一边担忧着，一边应了女儿要求来这里陪陪女儿。

直到刚刚，她最终那点担心也随着那急促的步伐消失踪迹。青年宽阔的肩头，已经足够撑起一个丈夫和父亲的双重角色。

而周廷尧在上楼时即使有些着急，进门的时候依然放缓了脚步。

汤妍沉沉地睡在被窝里，柔顺的几绺发丝垂在脸颊，她不安地用手拂了拂，并没有醒过来的迹象。

等到身上的寒气散尽，他才把手覆在了她的额头，然后拍了拍她的脸轻声叫她："老婆，醒醒。"

汤妍迷迷糊糊地醒过来。

"廷尧。"她似乎没怎么清醒，看到他条件反射地叫出名字。

周廷尧说："你哪里不舒服？起来穿衣服，我带你去医院。"

汤妍这才一下子清醒过来，从被窝里爬起来，伸手挂住他的脖子说："你到多久了？我没有不舒服啊。"

周廷尧抓过旁边的外套，披在了她的后背上。

腻了会儿汤妍才从他怀里爬起来，对上周廷尧的眼睛，她眼神四处闪躲，结结巴巴地说："那个……我有件事情要和你说。"

周廷尧看着她没有说话。

汤妍舔了舔嘴角，从枕头底下摸出了那张纸递给他。

她一直没敢移开视线，内心忐忑。看着他接过，缓慢展开，然后久久没有动作。

她拿手戳戳他的手臂："周廷尧。"

然后她发现他抬头看着自己的眼中竟有一瞬间的湿润，汤妍手足无措，她听见他突然低低笑了两声说：“我应该一早就猜到的，最近这一个月你总是睡不饱，脾气还时好时坏。”

汤妍还未说什么，他已经将她揽进怀里。

“谢谢。”他说。

汤妍在他怀里点了点下巴，弯起嘴角道：“那周先生，恭喜你啊。”

后来，有一天晚上汤妍半夜惊醒，摸了摸身侧的位置才发现周廷尧没在。

她披着外衣去楼下找他。

不时敲击锤打的声音，自父亲和陶师傅经常工作的房间传来，明黄的灯光从半开的门缝洒下光影。

汤妍悄悄走过去。

周廷尧坐在工作的案台上，专心致志地雕琢着，铁锤轻轻叩击银器，动作小心翼翼一丝不苟，他不断用敏锐的手指抚摸银器表面来检查其线条和结构是否合格。

忽然间，汤妍就湿了眼眶。

他曾经无法做到的事情终于被攻克，那个蹚着暗河游走的，曾经无法被自己原宥的他，终于靠岸。

汤妍低头摸了摸自己的肚子，心说：宝宝，你爸爸可能想给你送一份出生礼物，如果到时候成品太拙劣，你也不要嫌弃好不好？

就这一瞬间的工夫，汤妍发现面前的门被打开，而她自己被腾空抱起。她刚要惊叫，顶上就传来周廷尧责备的声音："大半夜不好好睡觉，感冒了受罪的可是你自己。"

汤妍缩缩脖子，搂着他开始装鸵鸟。她现在是特殊时期不能吃药，所以他处处管控着，生活小事事无巨细。

但如果问她，怎么形容生命里的这个阶段。

那大约是，最好的幸福。

图书在版编目（CIP）数据

他跑进时间的海洋 / 海殊著. — 南昌 ：百花洲文艺出版社，2018.4
ISBN 978-7-5500-2770-1

Ⅰ. ①他… Ⅱ. ①海… Ⅲ. ①长篇小说－中国－当代 Ⅳ. ①I247.5

中国版本图书馆CIP数据核字(2018)第060029号

出 版 者 百花洲文艺出版社
社　　址 江西省南昌市红谷滩世贸路898号博能中心A座20楼 邮编：330038
电　　话 0791-86895108（发行热线） 0791-86894790（编辑热线）
网　　址 http://www.bhzwy.com
E-mail bhzwy0791@163.com

书　　名 他跑进时间的海洋
作　　者 海 殊
出 版 人 姚雪雪
责任编辑 王俊琴
特约编辑 欧雅婷
封面设计 刘 艳
内页设计 米 籽
特约绘制 亦良璇子
经　　销 全国新华书店
印　　刷 长沙鸿发印务实业有限公司（长沙黄花工业园三号 邮编410137）
开　　本 880mm×1230mm 1/32
印　　张 9.125
字　　数 161千字
版　　次 2018年5月第1版
印　　次 2018年5月第1次印刷
定　　价 35.80元
书　　号 ISBN 978-7-5500-2770-1

赣版权登字：05-2018-144